Le LIVRE de POCHE

Jeunesse

LE FAUCON
DE BILLY BAKER

JACK BICKHAM

LE FAUCON DE BILLY BAKER

Traduit de l'anglais
par Jean La Gravière

Illustrations
de Mette Ivers

HACHETTE
Jeunesse

Ce livre a été publié dans la langue originale
sous le titre :
BACKER'S HAWK
par Doubleday & Company à New York.
Cet ouvrage a été publié aux éditions G.P.
sous le titre :
L'AFFRONTEMENT

Prologue

La nuit descendait peu à peu sur l'Oregon. Vers l'ouest, de longs nuages roses dérivaient au-dessus de l'horizon. À l'est, les monts Cascades découpaient leur silhouette en dents de scie sur un ciel déjà obscur.

Sur la petite route poussiéreuse serpentant entre les collines boisées apparut un léger buggy tiré par un seul cheval. Deux passagers l'occupaient : le conducteur, Chumley, un homme grand et volumineux, d'une cinquantaine d'années, vêtu de sombre comme un homme d'affaires, et un homme beaucoup plus jeune et plus mince, aux longs cheveux blonds, habillé de noir lui aussi, comme un homme de la ville.

Le conducteur fit claquer son fouet pour faire presser le pas à son cheval.

« Il commence à faire frisquet, dit-il, mais nous serons rentrés en ville d'ici une demi-heure, nous pourrons nous y réchauffer. »

Son compagnon ne répondit pas. Il s'appelait William Baker, était homme de loi dans le Colorado d'où il était venu afin d'inspecter, pour ses clients, un important lot de terrains à vendre, et il savait que le représentant des vendeurs allait maintenant, d'un moment à l'autre, entamer le débat sur le prix de vente demandé.

Bientôt, en effet, Chumley, ayant reposé le fouet sur ses genoux, ouvrit le feu sans détour :

« Alors, monsieur Baker, maintenant que vous avez vu les terres, qu'en pensez-vous ?

— Elles me plaisent, répondit l'avocat, et j'en recommanderai l'achat à mes clients.

— Bien.

— Mais le prix que vous en demandez me semble un peu élevé. Deux cents dollars l'hectare, c'est cher. Le même genre de terrain, du côté de Corvallis, se vend dans les cent quatre-vingts.

— Corvallis, c'est Corvallis, et ici c'est...

— Les terres de Dugan, non loin d'ici, se sont vendues à cent soixante dollars il y a six mois. »

Chumley considéra l'homme de loi avec un certain respect.

« Vous êtes au courant de la vente Dugan ?

— Dugan, Brownson et Plimner, vente à Fredrickson et associés, récita Baker en souriant. Option prise en janvier 1894, vente conclue en février. Acte de vente enregistré le 16. Description cadastrale des...

— O.K., O.K. ! coupa Chumley. Je vois que vous avez bien étudié votre leçon !

— Certainement. Mes clients sont prêts à payer un prix raisonnable, pour l'estimation duquel nous avons en effet étudié notre leçon. »

Chumley soupira.

« Monsieur Baker, j'avoue bien franchement qu'en vous accueillant au train ce matin et en vous voyant si jeune je me suis dit : "Chumley, mon vieux, voilà un petit pigeon qui ne demande qu'à être plumé !" Je pensais vous épuiser en vous trimbalant toute la journée sur les routes, mais je vois que vous tenez le coup. Je pensais aussi que vous ne connaîtriez pas grand-chose à un contrat de vente, mais... Bref, vous êtes de taille à vous défendre, et plutôt bien !

— Je défends les intérêts de mes clients, monsieur Chumley.

— Vous direz de ma part à vos clients que leurs intérêts sont rudement bien défendus ! »

C'était un compliment de poids, et évidemment sincère. Baker réfléchit un moment à ce qu'il convenait d'y répondre. C'est alors qu'il aperçut le faucon.

Il avait vu bien des faucons dans sa vie, et ne put déterminer si la vue de celui-ci l'émouvait parce qu'elle était si inattendue ou si belle, mais son émotion fut instantanée et profonde. Un faucon en vol avait toujours paru à Baker une des plus belles choses qui soient au monde.

Planant haut, très haut dans le ciel vers l'est, le faucon fut touché soudain par un des derniers rayons du soleil, qui fit briller ses ailes couleur de rouille. Il s'élevait d'un mouvement lent et infiniment gracieux, toujours plus haut, sans un battement d'ailes, et, malgré la distance, Baker crut entendre son cri solitaire.

Suivant le regard de son compagnon, Chumley dit :

« Il y a beaucoup de faucons par ici. Vous devez en avoir aussi dans le Colorado ?

— Oui. J'en ai élevé un moi-même, autrefois, tout semblable à celui-ci.

— Vraiment ? Ce sont de beaux oiseaux, mais ils peuvent devenir embêtants. Ce sont des tueurs, ces bêtes, des tueurs solitaires.

— Telle est leur nature », dit Baker, et il sourit en se rendant compte qu'il citait de mémoire des mots entendus voilà bien longtemps et qu'il croyait avoir oubliés.

Mentalement, il acheva sa citation : « On ne peut exiger de personne ni d'aucune créature de changer sa nature. »

Le faucon, toujours planant, disparut au loin.

Plus tard, seul dans sa chambre d'hôtel, Baker se pencha à la fenêtre. Le ciel fourmillait d'étoiles. L'étroite rue poussiéreuse, bordée de cabarets et de boutiques, semblait écrasée par la vaste étendue des montagnes sauvages barrant l'horizon.

« On s'imagine que le passé est mort, enterré et oublié, songeait le jeune homme de loi, mais il survit dans la mémoire. On le porte en soi, et on ne peut jamais savoir quand il va se réveiller. »

« Ça ne vaut rien de se rappeler le passé », se dit-il.

Il avait vingt-trois ans, une carrière et une clientèle qui s'annonçaient prometteuses, tout allait bien, et seul un idiot se tournerait avec regrets vers le passé dans ce cas, vers l'époque, une douzaine d'années plus tôt, où un mince gamin dégingandé avait vu toute sa vie modifiée par une série d'incidents.

Mais Baker se rappelait. Il ne pouvait s'en empêcher. Appuyé à la fenêtre et fixant la nuit de l'Oregon, il laissa sa mémoire plonger dans le passé.

1

Le faucon était né le 15 avril 1882, à quelques kilomètres de distance de la petite ville de Springer, dans le Colorado, sur le versant ouest des montagnes. En fait, trois fauconneaux avaient éclos ce jour-là dans le nid, mais dès le début Billy Baker n'avait eu d'yeux que pour un seul d'entre eux.

Les parents faucons étaient revenus très tôt cette année-là, apparaissant au loin dans le ciel alors que la neige couvrait encore la vallée où Billy vivait avec ses parents. Elle avait fondu tard, mais il n'en restait plus que sur la pente des collines vers la fin du mois de mars quand Billy avait repéré un nid de faucons perché très haut dans une fourche de genévrier.

Billy connaissait bien l'arbre choisi par les faucons.

Des hiboux y avaient niché l'année précédente et Billy avait trouvé le moyen d'escalader une petite falaise toute proche pour observer les hiboux sans être vu. Non seulement le couple de faucons s'était installé sur ce même arbre, mais il avait occupé le même nid, l'avait reconstruit et agrandi à l'aide de brindilles et en avait tapissé la profonde cavité d'aiguilles et de branchettes de pin.

Billy devait chaque jour aller à l'école, à Springer, et quand il en revenait, vers la fin de l'après-midi, les petits travaux de la ferme l'attendaient à la maison ; mais après cela, presque chaque jour, il partait à pied dans les collines pour visiter ses deux pièges à castor, parfois pour aller pêcher, et presque toujours pour vérifier si tout allait bien du côté des faucons. Il savait quand, plus ou moins, écloraient les trois œufs tachetés de brun reposant au fond du vaste nid et attendait ce moment avec impatience tout en surveillant la femelle qui couvait, pendant que le mâle parcourait le ciel en quête de nourriture, s'envolant parfois très loin, hors de vue.

Les faucons étaient de grande taille, de l'espèce appelée « à queue rouge », avec un corps massif, et l'envergure de leurs ailes atteignait presque celle des bras de Billy. Leur plumage était brun-gris sombre, avec un poitrail blanc se fondant doucement dans le brun de leur corps, qui virait au rouge vers la queue. En vol, les rayons du soleil accrochaient des lueurs blanches, rousses et rouges à leur mince silhouette.

Suspendus comme immobiles dans le ciel, jamais les faucons ne semblaient faire le moindre faux mouvement ni un geste disgracieux. Ils étaient ce qu'il existe de plus beau au monde. Billy ne se lassait pas de les admirer.

« Que mijotes-tu encore ? » lui demanda son père un jour, pendant le repas du soir.

Ils étaient assis tous les trois, Billy, son père et sa mère, à la simple table de planches, devant l'âtre de l'unique pièce formant le rez-de-chaussée de leur petite maison. La question prit Billy au dépourvu.

« Je ne mijote rien, P'pa », dit-il d'un air coupable.

Son père lui lança un regard sévère. C'était un homme de haute taille, le corps sec et dur, les cheveux coupés court, les joues teintées de bleu-noir par une barbe opiniâtre. Il ne souriait pas souvent.

« Tu mijotes quelque chose, j'en suis certain. Tu te dépêches de nourrir les poules et la vache chaque jour depuis des semaines, et, à l'instant où tu as fini ton tra-

vail, tu disparais dans les bois. Que caches-tu là-haut dans la forêt ? Un autre raton laveur ?

— Non, P'pa, je n'ai pas d'autre raton.

— Ça vaut mieux, parce que je ne tolérerai pas un animal de plus ici.

— Ne sois pas si sévère, Dan. Billy fait son travail convenablement, murmura la mère de Billy, une jolie femme blonde, plus jeune que son mari.

— Je le sais, Ellen, mais je n'aime pas sa façon de disparaître tout le temps dans les bois. Ça cache quelque chose.

— Je vais juste pêcher, et tout ça..., dit Billy.

— Tu auras bientôt douze ans, mon garçon. Il est temps que tu commences à devenir un homme.

— Oh ! Dan, voyons ! soupira sa femme.

— Il faut qu'il apprenne, Ellen.

— Il a encore le temps.

— Nous devrons bientôt rentrer la récolte. Nous devons repeindre la maison, réparer des clôtures. Nous ne sommes pas riches et j'ai besoin de son aide. Il faut qu'il apprenne à se débrouiller dans la vie.

— Je ferai tout ce que tu me diras de faire, P'pa », dit Billy.

P'pa Baker contorsionna son visage comme s'il souffrait.

« Je sais, fils, et je n'essaie pas de te gronder ni de te bousculer. Je veux seulement que tu comprennes qu'il te faut apprendre, c'est tout.

— Oui, P'pa. »

Le père de Billy se tourna vers sa femme.

« L'école se termine dans une quinzaine de jours, il sera temps d'entamer les labours, et en attendant il est là à parcourir les collines au lieu d'apprendre ses leçons !

— J'ai parlé à l'institutrice de Billy l'autre jour, dit sa mère calmement. Elle dit que Billy étudie très bien. »

Dan Baker leva les mains en un geste de résignation.

« Bon, tant mieux ! Mais je ne veux pas d'autre raton laveur ici, tu entends, Billy ? Nous en avons déjà un là, apprivoisé, nous avons tes lapins, et ces stupides souris dans une caisse, et ce Rex qui est bien le chien le plus inutile que j'aie jamais connu. Nous avons je ne sais combien de chats qui courent partout ! J'en ai assez ! Il faudra que tu nous débarrasses d'une partie de ces bêtes ! Si on te laissait faire, tu finirais par considérer les poules elles-mêmes comme des animaux d'appartement ! »

Billy faillit répondre qu'il y avait peu de chances qu'il s'intéresse jamais de cette façon aux poules : elles étaient trop idiotes et lui-même aimait trop les trouver rôties dans son assiette, mais il préféra se contenter prudemment de répondre : « Oui, P'pa », ce qui parut satisfaire son père, et le repas s'acheva en silence.

Aussitôt la dernière bouchée avalée, Dan Baker s'en alla chercher la vache dans le pré pour la remettre à l'étable. Billy était encore assis à la table, achevant son dessert. Sa mère se pencha vers lui en souriant.

« Billy ? dit-elle doucement.

— Oui, M'man ?

— As-tu un nouvel animal dans la forêt ?

— Non, M'man », dit Billy – ce qui était vrai : tout ce qu'il avait jusqu'à présent était trois œufs de faucons.

Sa mère lui caressa les cheveux.

« Tu es un bon garçon, Billy. »

C'est toujours agréable à entendre, mais Billy savait que c'était faux. Il n'était qu'un vil menteur, en intention sinon en action, et son projet ne pouvait que lui procurer un tas d'embêtements s'il ne se montrait pas de la plus grande prudence.

Si tout allait bien, il *pourrait* peut-être devenir l'heureux maître d'un faucon (*pourrait* simplement, parce que rien n'était encore sûr). Après tout, le nid contenait trois œufs et il ne serait pas si difficile d'escalader l'arbre et de s'emparer d'un des petits une fois qu'ils seraient éclos.

Oui, ça se *pourrait* très bien.

Mais, quand les œufs eurent éclos et que les fauconneaux apparurent dans le nid, Billy sut que ses espoirs étaient probablement ruinés, parce que dès le début son faucon, celui qu'il avait choisi, se montra différent des deux autres jeunes.

À leur naissance, tous trois étaient semblables : de pauvres petites choses nues, molles et maladroites, avec de pitoyables moignons là où auraient dû être les ailes, et un petit bec mou surmontant une immense bouche perpétuellement ouverte en quête de nourriture. Mais un des trois, celui de Billy, était un peu plus petit, il le remarqua immédiatement. Il découvrit aussi, au cours des jours suivants, que les parents nourrissaient l'oisillon qui se battait le plus violemment et faisait le plus de bruit pour s'approprier la provende. Le père ou la mère revenait de la chasse, une proie dans le bec : petit oiseau, souris des champs, gros ver ou insecte, et, plop ! le butin disparaissait dans le bec qui criait le plus haut et se démenait le plus brutalement pour écarter ses rivaux. Et le faucon de Billy ne se montrait pas aussi débrouillard que les deux autres. Parfois il ne mangeait pas du tout. Il gigotait et pataugeait dans le nid, parvenait à l'occasion à recevoir sa part, mais les autres grandissaient et grossissaient beaucoup plus vite que lui.

Au moment où l'école fut fermée pour les grandes vacances, les bébés faucons s'étaient couverts de duvet floconneux et leurs plumes avaient commencé à pousser. Ils grimpaient de plus en plus souvent jusqu'au bord supérieur du nid et y battaient des ailes à grand bruit en déplaçant beaucoup d'air, mais sans encore parvenir à s'envoler ni même à se soulever.

Un matin où Billy put bien les observer, il vit qu'ils avaient atteint une taille égale à la moitié de celle de leurs parents, puis il fut très occupé pendant plusieurs jours, aidant son père à semer le maïs, et quand il revint à son observatoire secret, au sommet de la petite falaise, les jeunes faucons étaient devenus énormes, comme par magie.

Bientôt ils se mettraient à voler. Alors viendrait pour Billy le moment de se décider, il le savait. Une fois que les fauconneaux voleraient, il deviendrait impossible d'en capturer un. C'était maintenant ou jamais qu'il lui fallait escalader l'arbre et s'emparer d'un des oiseaux.

Cette capture ne représentait pas de grandes difficultés. Les parents quittaient parfois le nid pour de longues parties de chasse, laissant leurs petits livrés à eux-mêmes. Des ennemis rôdaient aux alentours : les corbeaux abondaient dans ces collines, et ils détestent les faucons ; Billy avait vu aussi des belettes, des ratons laveurs et même quelques loups. N'importe lequel de ces animaux aurait fait ses délices d'un jeune faucon gras s'il avait pu en attraper un. Mais les corbeaux n'avaient pas assez d'audace pour attaquer directement, maintenant que les jeunes étaient devenus aussi grands, et les autres ennemis n'étaient pas assez bons grimpeurs pour atteindre le nid.

Mais Billy, lui, était bon grimpeur... Il ne lui faudrait qu'un moment pour escalader le genévrier en l'absence des parents, empoigner son bébé faucon, redescendre et puis...

Et puis quoi ?

Là était la difficulté qui le retenait de passer à l'action. Il n'osait pas ramener un faucon à la maison, et il n'y avait aucun endroit possible où il puisse le garder. Il était coincé. Aussi ne pouvait-il se décider à agir, et chaque soir, lorsqu'il était posté sur son perchoir rocheux, Billy était torturé par des visions de son faucon prenant son vol, planant et disparaissant à tout jamais.

Un samedi de la fin du mois de mai, Billy découvrit qu'une nouvelle difficulté venait de s'introduire dans sa vie.

Armé de sa houe, il désherbait le champ de maïs, derrière la grange. Le soleil était chaud, la poussière soulevée par les coups de houe se collait à la transpiration sur les bras et les jambes de Billy. Son père, travaillant lui aussi dans le potager, s'était éloigné vers le devant de la maison pour accueillir quelqu'un qui s'approchait sur la route, mais Billy l'avait à peine remarqué. Bientôt un bruit de conversation attira son attention. Une des voix s'élevait un peu plus haut qu'il n'était normal pour un simple bavardage :

« Chacun devra s'y mettre, Baker ! Absolument tout le monde !

— Non, pas de cette façon-là, répliqua la voix de son père.

— Si nous ne nous y mettons pas tous ensemble, ça ne sert à rien ! »

Sa curiosité éveillée, Billy déposa la houe, contourna la grange et s'approcha sans bruit. Accroupi dans l'herbe haute, il découvrit la scène qui se jouait devant la façade de la maison.

Son père était debout dans l'ombre de l'arbre, face à trois hommes qui étaient arrivés à cheval. Ils n'avaient pas mis pied à terre comme le font habituellement des visiteurs, ce qui faisait paraître inamicale la confrontation entre eux et Dan Baker. Cependant les trois hommes étaient familiers : Paul Carson, un barbu au torse puissant, possédait le principal magasin de la ville ; Calvin White, propriétaire de vastes terres, était probablement l'homme le plus riche de la région ; le troisième, dont Billy ignorait le nom, était forgeron à Springer.

Tous trois arboraient une mine grave et un peu menaçante, le père de Billy aussi.

« La loi, la loi ! s'exclama Carson. La loi ne fait pas ce qu'il y a à faire !

— Dans ce cas, il y a des moyens légaux d'améliorer les choses, dit P'pa.

— C'est exactement de cela que nous parlons, Baker : un groupe de citoyens, un comité de vigilance représentant la population.

— C'est la loi de la foule, cela, la loi de la populace, monsieur Carson.

— Pas si les gens qu'il faut s'en occupent. Pas si nous nous en occupons nous-mêmes.

— Ce n'est pas légal, et ce n'est pas juste. »

Malgré la tension qu'il sentait entre les interlocuteurs, Billy ne put s'empêcher de sourire tellement cette dernière remarque était caractéristique de son père. P'pa était capable de s'amuser, comme tout le monde, et Billy l'avait parfois vu rire, vraiment rire, aux éclats, comme un gamin. Mais c'était rare, car la plupart du temps Dan Baker obéissait aux commandements d'un Dieu sévère et d'une loi inflexible.

Paul Carson et ses compagnons ne souriaient pas, eux, et cela parut étrange à Billy : Carson était un homme jovial et amical, d'habitude. Il semblait très différent aujourd'hui.

« Il y a de plus en plus de canailles dans la région,

reprit Carson, de plus en plus de crimes. Il est temps de réagir, de faire quelque chose. »

P'pa hocha la tête.

« J'avais entendu parler de ce projet, mais je ne peux l'approuver. Un comité de vigilance n'est pas une solution, c'est tout juste bon à opposer une bande à une autre bande.

— Personne n'a parlé de former une bande, dit le forgeron.

— Ce serait une bande quand même, répliqua P'pa calmement.

— Nous serons organisés.

— Les groupes de ce genre ne restent pas organisés longtemps.

— Nous savons que vous avez un caractère indépendant, Dan, dit Carson, et c'est une chose appréciable chez un homme. Mais nous sommes ici au bout du monde, loin du chef-lieu du comté, et avec un seul shérif adjoint, pas très dégourdi en plus. Le shérif dit qu'il ne peut rien faire de plus pour nous. Cela ne nous plaît pas, Dan. Nous nous sommes réunis, nous avons discuté. Nous devons agir.

— Agissez dans le cadre de la loi, alors. Proposez-vous comme adjoints volontaires, non payés, suggéra P'pa.

— Non, non ! Ce n'est pas cela que nous voulons !

— Pourquoi pas ?

— Il y a des choses que la loi ne peut régler, vous le savez. Pendant que la loi perd son temps avec ses procédures et ses preuves, les voleurs et les criminels se paient du bon temps sur notre dos. Ils sont en train de ruiner ce pays, ils offrent un mauvais exemple à nos enfants, leur apprennent à devenir des sauvages, à ne plus obéir, à chercher la bagarre. Il faut que cela cesse, et que cela cesse tout de suite, maintenant ! »

Billy pensa un moment au fils de Carson, qui était déjà presque un homme et qui restait cependant le garçon le plus turbulent de la région, toujours en quête d'un mauvais coup en compagnie d'une petite bande de jeunes voyous comme lui. Ils s'amusaient à terroriser les enfants plus jeunes, et même à commettre des méfaits plus graves s'il fallait en croire ce qui se murmurait en ville. Il était étrange de voir Carson si préoccupé du respect de la loi et de l'ordre, alors que son propre fils les respectait si peu.

« Si le shérif Sweeney ne vous donne pas satisfaction, disait en ce moment le père de Billy, il y a des moyens légaux de le remplacer par quelqu'un de meilleur.

— Sweeney ne fait vraiment pas grand-chose pour Springer, et tout le monde le sait.

— Remplacez-le.

— Comment ?

— Vous connaissez la réponse, monsieur Carson. Nous aurons des élections en juillet. Si nous ne sommes pas satisfaits de Sweeney, nous n'avons qu'à proposer un autre candidat*. C'est la seule façon de régler une question comme celle-là. Vous ne ferez qu'aggraver les choses si vous tentez d'établir votre propre loi. »

Carson se renfrogna et lança à Baker un regard de travers. Il serrait les mâchoires en essayant de garder son calme. Il grogna :

« Nous ne pouvons pas attendre jusqu'en juillet !

— Allez trouver Sweeney, alors, et dites-lui...

— Nous lui avons déjà dit tout ce qu'il est possible de dire ! Il nous a répondu que nous avions l'adjoint Plotford et que nous n'en aurions pas d'autres en plus ! »

Dan Baker regarda les trois hommes l'un après l'autre. La douleur et l'inquiétude se lisaient sur son visage.

« Dans ce cas, les élections de juillet sont la seule solution convenable.

— Vous vivez perdu ici et vous ne venez pas souvent en ville, rétorqua Carson. Vous ne savez pas tout ce qui s'y passe ! La semaine dernière, le magasin de Purvis a été cambriolé. Pendant les soirées de week-end, les rues sont pleines d'ivrognes, de bagarres, de jurons. Les femmes ne sont plus en sûreté. Il y a deux nuits, Jake Smith a été rossé dans la rue alors qu'il fermait les bureaux de son journal. De mauvais éléments envahissent peu à peu la ville, Baker, des gens qui ne

* Le shérif est un employé élu par la population du comté, tout comme les maires et les conseillers communaux. *N.d.T.*

sont pas comme nous, des vagabonds, des fainéants, des gens pas convenables. Le bruit se répand dans toute la région qu'ils peuvent se payer du bon temps à Springer et que personne ne lèvera le petit doigt pour les en empêcher. Il faut que quelqu'un mette bon ordre à tout cela !

— Et comment feriez-vous ? demanda Dan Baker d'une voix pressante.

— Tout homme valide doit signer un serment auprès du comité de vigilance. Tous les bons citoyens, travailleurs et respectueux des lois. C'est la première chose. Nous devons nous y mettre ensemble, tous, sans exception. Une fois que nous aurons tous signé, nous ferons savoir à tous ces voyous que nous ne voulons plus d'eux ici.

— Et s'ils ne s'en vont pas ? »

Carson hésita, puis serra les mâchoires.

« Nous passerons à l'action.

— En leur flanquant une rossée ?

— Ce ne sera pas nécessaire, dit Carson en rougissant.

— En brûlant leur baraque ?

— Ce ne sera pas nécessaire !

— Vous pourriez les pendre, peut-être ? »

Carson pointa un doigt menaçant :

« Rien de tout ça ne sera nécessaire, Baker, vous le savez très bien ! Quand la racaille saura que nous sommes contre elle, tous ensemble, elle aura vite fait de déguerpir. Pensez-y comme si vous étiez une de ces fripouilles. Supposez que vous êtes un voleur et que vous n'avez rien de plus à redouter qu'un seul et unique shérif adjoint. Bon, vous prendrez le risque. Mais si vous savez que toute la population de la ville est prête à aider la loi et à la faire respecter, hein ? Si vous savez qu'au moindre faux mouvement que vous faites n'importe qui n'a qu'à crier ou appeler pour qu'une douzaine d'hommes accourent à la rescousse ? Vous y regarderez à deux fois avant de mettre le système à l'épreuve !

— Il s'en trouvera toujours quelques-uns pour essayer, dit P'pa. Et des membres du comité, eux aussi, voudront mettre leur système à l'épreuve. C'est toujours ainsi que ça se passe. J'ai déjà vu se produire cela, monsieur Carson, je sais de quoi je parle. »

Carson fixa longuement le père de Billy. On voyait, à son visage surpris, qu'il ne pouvait comprendre cette résistance à son projet.

« Joignez-vous à nous, Baker, dit-il enfin.

— Je suis désolé, monsieur Carson. C'est non.

— Vous pourriez le regretter, intervint le forgeron. Un homme qui n'est pas d'accord avec ses voisins, on pourrait se demander s'il n'est pas contre eux, et avec les autres.

— Je ne le pense pas, dit P'pa. Il faudrait être carrément stupide pour tirer ce genre de conclusions. Tous mes voisins sont plus intelligents que ça. »

Les quatre hommes se dévisagèrent en silence. Le vent agitait les feuilles de l'arbre au-dessus d'eux.

« Réfléchissez-y encore, dit Carson.

— Merci de votre visite... »

Sans ajouter un mot, Carson fit tourner bride à son cheval. Les deux autres le suivirent. Tous trois s'engagèrent sur le chemin, non pas vers la ville mais en direction de la maison de la famille Sled, distante d'un kilomètre.

Dan Baker, immobile, les regarda s'éloigner.

Pendant que Billy, se relevant de l'herbe haute où

il s'était caché, se dirigeait vers son père, la porte de la maison s'ouvrit et sa mère apparut sur le seuil. Dan Baker se tourna pour les regarder et dit avec un léger sourire :

« Je semble être devenu très populaire tout à coup.

— Que signifie tout cela, Dan ? demanda sa femme, sourcils froncés.

— Peut-être rien. Peut-être essaient-ils seulement de voir comment leur projet est accueilli ? Nous verrons bien.

— Mais, si tout le monde est d'accord..., pouvons-nous rester en dehors ?

— Je ne sais pas, Ellen.

— S'il y a tous ces voyous en ville, P'pa, dit Billy, ne vaut-il pas mieux les faire décamper comme le dit M. Carson ? »

Son père le dévisagea, sérieusement :

« Cela vaudrait-il mieux, Billy ?

— J'sais pas, dit Billy, embarrassé par cette contre-question. Mais je crois que..., enfin, s'il y a de mauvais types, et que tous les bons types se tiennent ensemble, et que si les mauvais savent que tous les bons sont prêts à leur tomber dessus, ben, les mauvais se tiendront tranquilles.

— D'accord, dit son père. Alors, si nous nous tenons tous et que nous décidions tous ensemble de tomber sur un mauvais type, c'est une bonne chose ?

— C'est sûr !

— Bon. Alors, nous décidons tous ensemble de chasser les Sled en brûlant leur maison. C'est ça ?

— Non ! cria Billy, horrifié.

— Pourquoi pas ?

— Parce que les Sled sont de braves gens, P'pa !

— Mais si nous décidons tous que nous ne les aimons pas et que nous ne voulons plus d'eux dans le pays ? Pourquoi ne pourrions-nous pas les chasser, comme les autres mauvais types ?

— Ce ne serait pas juste !

— Mais si nous disons, tous, que c'est juste, ça devient juste, non ? Si nous pouvons décider nous-mêmes qui est mauvais, rien que parce qu'il ne nous plaît pas, nous pouvons le faire pour n'importe qui, non ? »

Billy se gratta le crâne. Il voyait qu'il était coincé. Il commençait aussi à voir où son père voulait en venir.

« Tu vois, ce n'est pas si simple, Billy. Je sais que ça a l'air d'une bonne chose que tout le monde se groupe pour faire ensemble ce qu'il est juste et nécessaire de faire. Mais si une bande de gens peuvent tomber sur un mauvais type, comme tu dis, ils peuvent tomber sur un bon aussi. C'est pour empêcher cela qu'il y a des lois : pour que chacun suive la même loi et que la loi soit la même pour tous. Nous élisons des gens pour faire ces lois, d'autres pour les faire appliquer, et personne n'est au-dessus de la loi, ni ne peut fabriquer ses propres lois au fur et à mesure que les circonstances changent. Il y a de mauvais éléments dans notre ville depuis quelque temps, je le sais bien, mais nous devons les combattre à l'aide de la loi et de rien d'autre. Dès que les gens commencent à ignorer la loi, plus personne n'est en sécurité : ni toi, ni moi, ni personne. »

Billy rumina cela un moment. Ça semblait tenir debout, mais quelque chose en lui protestait. Ce n'était pas suffisant. Il voulait être entièrement convaincu, et il ne l'était pas, pas encore.

« Mais si l'adjoint Plotford n'est pas de taille, P'pa ? Si le shérif Sweeney ne lui envoie pas de renfort et que les choses tournent mal ? Que doivent faire les gens ? Rester assis là et attendre ? »

Parfois le père de Billy pouvait paraître très jeune, très vulnérable sous sa dureté. C'était un signe qu'il était troublé, qu'il ne connaissait pas toutes les réponses. Cela ne lui arrivait pas souvent, aussi ce n'en était que plus surprenant quand ça se produisait. C'est l'air qu'il avait en ce moment, alors qu'il réfléchissait.

« Je ne sais pas, fils, dit-il enfin. Je ne sais tout simplement pas.

— Tu ne sais pas ? répéta Billy, incrédule. Mais tu as répondu à M. Carson comme si tu savais, comme si tu étais sûr !

— Parfois, Billy, il faut pouvoir prendre une décision sans être sûr... Je pense avoir raison en refusant de signer ce serment au comité de vigilance. C'est de l'avenir dont je ne suis pas sûr...

— Est-ce que M. Carson et les autres vont t'en vouloir ?

— Je ne sais pas non plus.

— Mais tu as refusé, P'pa, et sans hésiter. Tu dois être plus sûr de toi que tu veux bien le dire. »

Son père sourit tristement.

« Non, Billy. Tout ce qu'on peut faire, parfois, c'est de prendre une seule décision à la fois... et d'espérer... »

Cet aveu de son père fut un choc pour Billy. Si P'pa n'était pas sûr de lui, cela jetait un doute sur toutes ses décisions. Combien d'autres fois dans le passé avait-il dû décider au petit bonheur, sans être sûr ?

Pour la première fois de sa vie, Billy douta de son père, et c'était un sentiment pénible. Il s'était toujours fié au jugement de son père, il était convaincu que celui-ci ne pouvait pas se tromper, et voilà que P'pa admettait qu'il n'était pas certain de toujours faire ce qu'il fallait faire. À cause de son refus de se joindre au comité de vigilance, Billy douta tout à coup du courage de son père. Ce qui était ridicule. P'pa, manque de courage !

Mais le doute était là, et faisait mal.

« Bien sûr que P'pa est courageux ! » se raisonna Billy.

Mais, dans ce cas, pourquoi hésitait-il ? Il avait cependant pu voir en ville, de ses propres yeux, l'existence du problème : une bagarre à coups de poing dans la rue, que personne n'osait tenter d'interrompre parce que le shérif adjoint n'était pas dans la ville à ce moment-là ; une fenêtre cassée là où un cambrioleur s'était introduit la nuit dans un magasin ; des taches de sang devant le bureau de poste, là où on disait qu'un vieillard avait été poignardé et dévalisé pendant la nuit.

Si tout cela ne suffisait pas pour créer un comité de vigilance, que fallait-il donc ? P'pa pouvait-il vraiment avoir raison en refusant cette occasion d'aider à ramener l'ordre ? Billy était ébranlé, et son père le sentit.

« Billy ?

— Oui, P'pa ?

— Tu comprends, n'est-ce pas, mon garçon ? »

Gêné, Billy se racla la gorge.

« On... on devrait se remettre au travail, P'pa... »

Billy fit demi-tour et repartit vers le potager. Puis il se rendit compte qu'il était si troublé et désarçonné par toute cette scène qu'il avait tourné le dos à son père.

Ils reprirent leur travail côte à côte dans le champ de maïs. Au début, P'pa semblait fâché, profondément blessé, mais peu à peu sa bonne humeur revint. Il était presque toujours de bonne humeur quand il travaillait dur. C'est pour travailler que le Seigneur a mis les hommes sur terre, disait-il volontiers.

Billy, lui, se sentait encerclé par ses doutes comme s'il avait été enfermé dans une pièce trop petite et sans air. Au doute se mêlait aussi de la peur. Il avait surpris un certain regard dans les

yeux des trois visiteurs, un regard à l'affût du lapin, ou du hibou fondant sur une souris. Cette cruauté de la nature sauvage lui apparaissait comme normale, mais jamais il ne l'avait rencontrée chez des hommes. Les hommes, semblait-il, devraient se montrer meilleurs que les bêtes sauvages.

Il était presque l'heure du dîner quand ils interrompirent leur travail. Billy pensait aux faucons. Malgré l'heure tardive, il fallait qu'il aille les voir, s'assurer s'ils avaient déjà pris leur vol ou non. Il dégringola au galop la pente derrière la maison vers la petite rivière bordée de peupliers, la franchit sur un tronc d'arbre abattu et traversa les pâturages en courant, vers l'orée de la forêt. Contournant les bois, il se hâta le long d'un étroit ravin, en direction de la falaise et de l'arbre des faucons.

Il faisait frais, la nuit commençait à tomber. Des oiseaux de toute sorte tournoyaient dans le ciel. Un lièvre déboula de sa cachette presque sous les pieds de Billy, qui sursauta. Il reprit sa course.

Finalement, il escalada l'éboulis au pied de la falaise qui lui permettait d'atteindre son poste d'observation, se pencha, et ses regards plongèrent directement dans le nid au sommet du genévrier.

Un seul faucon s'y trouvait. Son faucon.

Billy comprit aussitôt ce qui s'était passé : les parents faucons s'étaient envolés, comme d'habitude, et les deux jeunes les plus costauds, après les jours passés à battre des ailes sur le bord du nid, avaient enfin eu l'audace de sauter le pas et de plonger dans le vide.

Son faucon n'avait pu s'y résoudre, lui. Debout au bord du nid, il agitait les ailes et piaillait pitoyablement en sautant sur place et en ébranlant tout le nid. Le jeune faucon semblait vexé, outragé qu'on l'ait abandonné tout seul, mais il ne parvenait pas à trouver le courage de faire le grand plongeon. Peut-être ce premier vol était-il toujours le résultat d'un accident, d'une chute hors du nid, et non un acte délibéré des oisillons. Billy l'ignorait.

Partagé entre la pitié et l'amusement, le garçon vit son faucon sauter si haut en l'air qu'il retomba à la renverse et roula jusqu'au fond du nid. Le faucon gigota pour se redresser et se laissa tomber, couché, tremblant et épuisé.

« Pauvre petite bestiole ! murmura Billy, moqueur. Si tu t'étais un peu plus remué pour avoir ta part de bouffe, c'est toi qui volerais en ce moment et un de tes frères qui serait là à ta place ! »

Comme s'il l'avait entendu, le faucon releva la tête et regarda droit dans sa direction.

Billy se redressa pour examiner le ciel. Se détachant au loin sur un vaste nuage rougeâtre, il repéra un point noir, puis un autre, puis encore deux. Les parents faucons apprenaient à voler à leurs petits. Billy était certain que les quatre lointains petits points étaient le reste de la famille de rapaces.

En dessous de lui, l'enfant abandonné braillait piteusement.

« Pleure pas comme ça, murmura Billy. Ton tour viendra demain, t'en fais pas ! »

Il en était sûr et se sentait heureux pour le jeune faucon, mais en même temps cette perspective le déprimait : sa dernière chance de capturer le faucon allait disparaître.

Redescendant la falaise, Billy reprit le chemin de la maison.

Son père se trouvait confronté à assez de difficultés en ce moment pour qu'il n'y ajoute pas celle d'un faucon, Billy s'en rendait compte. Il était hors de question de rapporter l'oiseau à la maison, et voilà tout. Mais le lendemain, qui était un dimanche, Billy pourrait monter plus tôt à la falaise, y passer plus de temps, et peut-être assisterait-il au premier envol de son faucon.

Absorbé par ses projets du lendemain, Billy ne remarqua pas les deux cavaliers dissimulés dans un bouquet d'arbres au flanc de la colline et ne les aperçut que quand ils se lancèrent au galop dans sa direction. Ils furent sur lui en un instant, tellement vite que Billy sursauta de frayeur avant de les reconnaître.

« Hé ! Bobby ! cria le plus grand des deux jeunes cavaliers à son compagnon. Tu as vu sursauter ce petit froussard ?

— Ouais ! railla l'autre. Il s'effraie vite ! »

Face à Morrie Carson, le fils aîné de Paul Carson, et à Bobby Robertson, dont le père était le médecin de Springer, Billy ressentit de la colère. Ce n'était pas la première fois que ces deux-là s'amusaient à le surprendre et à lui faire peur – lui ou d'autres garçons plus jeunes qu'eux – et Billy s'en voulut d'avoir sursauté de surprise et de leur avoir ainsi donné le plaisir qu'ils cherchaient. D'un ton fâché, il demanda :

« Vous voulez quelque chose ?

— Ça se pourrait, dit Morrie, moqueur, et il se pourrait aussi que nous nous amusions seulement à faire sursauter les poules mouillées comme toi.

— Si vous voulez quelque chose, dites-le, ou bien retirez-vous de mon chemin pour me laisser passer.

— Oh ? Et sinon, que nous feras-tu, moutard ?

— Je n'en sais rien, mais il faut que je rentre à la maison, et...

— Nous ferions bien de le laisser aller, dans ce cas, dit Morrie Carson à son compagnon, sinon il va pleurnicher tout le long du chemin. »

Billy fit quelques pas pour contourner les chevaux et s'éloigner, mais Morrie, se penchant sur sa selle, l'empoigna par le col de sa chemise. Son cheval, énervé, fit un écart et Billy, perdant pied, fut traîné par terre.

« Laisse-le donc, Morrie », dit Robertson, conciliant.

Morrie lâcha prise et Billy tomba lourdement sur le sol. Il se releva, vacillant, en crachant de la terre et de la poussière.

« N'essaie pas de me fausser compagnie ainsi, gamin ! menaça Morrie. Quand je voudrai bien que tu t'en ailles, je te le dirai ! Compris ? »

Billy hésita. Il y avait une lueur sauvage et meurtrière dans les yeux de Morrie Carson. Billy comprit que Morrie cherchait la bagarre et n'attendait qu'un bon prétexte pour le rosser. C'était ainsi depuis des années : Morrie avait toujours une petite clique d'amis dont il était le chef et qui depuis longtemps s'amusaient à terroriser les garçons plus jeunes. Maintenant que Morrie était presque adulte – d'autres jeunes de son âge avaient déjà quitté Springer pour faire leur chemin dans la vie – le jeu continuait quand même.

« Alors, tu discutes ? demanda Morrie d'une voix aiguë et menaçante.

— Non, murmura Billy.

— Tu resteras là bien sagement comme je te l'ai dit ?

— Oui.

— C'est que tu es un petit trouillard, alors ! »

Billy demeura silencieux, tête baissée.

« Un petit trouillard », répéta Morrie.

Billy tremblait de l'effort qu'il faisait pour garder son calme.

« Hé Morrie ! dit Bobby Robertson. Il a tellement peur que ce n'est même pas drôle. Allons-nous-en, d'accord ? »

Morrie surveillait sa victime, guettant le moindre geste ou le moindre mot qui lui servirait de prétexte pour se déchaîner. Un long moment passa.

« Oui, allons-nous-en, dit-il brusquement en faisant tourner son cheval. Tu as raison : des trouillards comme lui, ce n'est pas drôle. »

Les deux jeunes cavaliers disparurent au galop sous les arbres, entourant Billy d'un nuage de poussière. La honte et l'humiliation lui nouaient la gorge. Un jour viendrait, se disait-il, où un affrontement en règle lui serait imposé par Morrie Carson et où il n'y aurait plus moyen de l'éviter.

Aujourd'hui, ce n'était que partie remise. En attendant, il avait le temps d'un peu grandir. Et peut-être de devenir un peu plus courageux.

Il se dépêcha vers la maison.

2

La participation au service religieux du dimanche n'était pas une chose que Billy se permettait de juger en aucune façon. Cela se faisait, tout simplement. La petite église de Springer, peinte en blanc et surmontée d'un clocheton, se dressait en bordure de la ville. On s'y rendait en famille – certains hommes toutefois préféraient attendre à l'extérieur, discutant entre eux du temps qu'il faisait, ou avait fait, ou allait faire, de leurs récoltes et cætera – et il n'était pas rare qu'un bébé se mette à pleurer pendant le service, ou que des gosses se bousculent et attrapent une claque pour apprendre à se tenir tranquilles.

Les sermons du pasteur Wattle étaient généralement assez longs – c'était le moment le plus pénible du dimanche matin pour Billy, mais il s'arrangeait pour les supporter en pensant à autre chose. Ce dimanche-ci, anxieux et pressé d'aller voir si son faucon s'était envolé, Billy était plus impatient encore que d'habitude de voir arriver la fin du service.

Il remarqua que l'assistance comportait plus d'hommes que de coutume, mais il n'y attacha pas d'importance. Quand le pasteur Wattle annonça que le sermon du jour serait inspiré du Deutéronome, Billy s'installa confortablement entre son père et sa mère, prit un air sérieux et attentif, et se mit à penser à autre chose.

Le pasteur parlait depuis un quart d'heure peut-être quand Billy se rendit compte tout à coup qu'il se passait quelque chose. Son père s'était redressé et se tenait rigide et tendu à côté de lui. De l'autre côté, sa mère lui lançait de furtifs coups d'œil craintifs et nerveux. Toute l'assemblée semblait prêter une attention soutenue à ce que racontait le pasteur. Les mâchoires de P'pa étaient serrées, un muscle tressautait sur sa joue, son visage était rouge.

Billy dressa l'oreille.

Le pasteur était un petit homme grassouillet, qui se haussait sur la pointe des pieds en chaire pour paraître plus grand. Il s'excitait volontiers pendant ses sermons, prenait une voix aiguë, ses cheveux s'ébouriffaient et ses yeux lançaient des éclairs. C'est ainsi qu'il prêchait en ce moment :

« Et donc, mes frères et mes sœurs, criait-il, le Seigneur envoya Son peuple élu vers une nouvelle terre. Il ordonna à Son peuple de soumettre cette terre, d'obéir à Sa Loi, de travailler et de prospérer. Telle était la Loi de Dieu en cette lointaine époque et telle elle demeure de nos jours. L'homme gagne son pain à la sueur de son front et, s'il est vertueux, Dieu marche à ses côtés. »

Tout cela ressemblait étonnamment à n'importe quel autre sermon. Billy ne comprenait pas pourquoi tout le monde écoutait si attentivement ni pourquoi son père affichait cette expression tendue, comme quelqu'un sur le point d'éclater de colère. Il se remit à écouter.

« Et notez, mes frères et mes sœurs, notez soigneusement, en quels termes le Seigneur Dieu instruisit Son peuple élu quant à la Loi et à la vertu. Si un homme cause une inimitié entre deux familles dans la Terre promise, leur dit le Seigneur, il doit être détruit. Vous devez vous montrer sans pitié envers lui, dit le Seigneur à Son peuple. »

Le pasteur fit une longue pause impressionnante, leva vers le ciel une main à demi fermée comme un poing, et répéta de sa voix perçante :

« Vous devez vous montrer sans pitié, ordonna le Seigneur ! S'il y a parmi vous un faux témoin, il sera banni, et il sera banni de telle sorte que tous en soient informés et sachent qu'ils ne doivent pas agir de même que lui. Et le Seigneur leur répéta une fois encore : "Vous devez être sans pitié." Puis Dieu les prévint, mes frères et mes sœurs, qu'il pourrait venir un temps où ils auraient à se montrer sévères pour lutter contre le Mal, et il leur dicta la loi terrible des justes. »

Le prêcheur fit une nouvelle pause et l'assistance attendit la suite en silence, retenant son souffle.

« Œil pour œil ! cria le pasteur. Dent pour dent ! Pour une main, une main ! Pour un pied, un pied ! Pour une vie, une vie ! »

Billy vit sa mère lancer un coup d'œil à son père, mais P'pa ne fit pas le moindre mouvement. Mâchoires obstinément serrées, il ne quittait pas le pasteur des yeux.

« Le Seigneur dit à Son peuple de ne montrer aucune pitié dans la lutte contre l'injustice et le Mal, poursuivit le pasteur. Passez les hommes au fil de l'épée, leur ordonna-t-il. Emmenez les femmes et les enfants en captivité. Une loi terrible, mes frères et mes sœurs, oui, une loi cruelle même ! Pourtant, c'est la parole de Dieu. Et que signifie-t-elle aujourd'hui pour nous ? A-t-elle une application dans nos vies ? Pouvons-nous accorder ce code de lois impitoyables avec les douces paroles de Jésus notre Sauveur ? »

Le pasteur Wattle s'interrompit pour s'éponger le front avec un vaste mouchoir blanc. L'assistance demeura silencieuse – pas même une toux ni un raclement de chaise déplacée – et Billy comprit ce que tout cela voulait dire.

« Nul n'a le droit, reprit le pasteur, d'attenter à la vie ni aux biens de son prochain. Aucun homme ou groupe d'hommes n'a le droit de ruiner la vie de son prochain, ni de lui infliger le spectacle du péché. Et cependant je crois sincèrement que le message apporté par ces paroles divines est qu'à certains moments tout homme juste et vertueux doit se dresser – se dresser, dis-je ! – pour lutter contre le péché et la corruption. Contre le Mal, nous ordonne clairement le Seigneur, nous pouvons être obligés de prendre position, et de combattre.

« Je vous parle de ceci, mes frères et mes sœurs, et j'ai choisi ce texte aujourd'hui, car notre paisible communauté pourrait bientôt se trouver face aux décisions si souvent prises par cet ancien peuple, ces enfants d'un Dieu sévère. Pour parler clairement : il existe dans notre communauté un élément grandissant de désordre et de corruption. Il a été question d'agir contre cet élément. Certains conseillent une action politique, d'autres recommandent une façon d'agir plus directe. On parle de former un comité de vigilance. »

Le pasteur Wattle promena lentement ses regards sur l'assemblée de ses ouailles, les arrêta un très long moment sur le banc où étaient assis Billy et ses parents, puis reprit d'une voix solennelle :

« La maison du Seigneur n'est pas le lieu qui convient pour discuter de ces questions, ni un serviteur de Dieu l'homme qui convient pour en parler. Concernant ce comité de vigilance, je ne peux rien vous dire, ni pour ni contre. Mais ce que je peux vous dire est que la parole de Dieu Lui-même nous enseigne qu'il est des moments et des circonstances où il faut agir. Priez pour être éclairés sur cette question, mes frères et mes sœurs. Demandez l'aide du Seigneur, cherchez Sa grâce dans votre esprit et votre cœur. Si une solution pacifique peut être trouvée, c'est elle qu'il faut adopter. Mais si, après avoir prié et réfléchi et délibéré entre vous, vous décidez d'agir avec sévérité pour la défense de la justice et de la vertu, alors je vous le dis, la parole de Dieu ne sera pas opposée à votre action. Le texte que je vous ai commenté aujourd'hui nous le dit, aucun homme juste ne peut affirmer que l'action dirigée contre le Mal soit un péché, ni une action immorale, ni que Dieu lui refuse Sa bénédiction. Maintenant, mes frères et mes sœurs, prions pour que la justice du Seigneur nous éclaire. »

Dans le murmure de prières qui l'entourait, Billy se sentait abasourdi. Il comprenait que ce sermon avait été dirigé exclusivement contre son père, et cela lui semblait tout à fait injuste et déloyal. Comment un homme pourrait-il discuter et répliquer, contre un sermon ?

Il risqua un coup d'œil vers son père. Le visage de Dan Baker était obstinément fermé et indéchiffrable.

« Eh bien, je crois que voilà notre sort réglé ! »

Ils étaient de retour à la maison, et P'pa se tenait debout près de l'âtre, les mains sur les hanches,

M'man en face de lui. Billy, sentant à quel point son père était tracassé et troublé, tâchait de se faire oublier le plus qu'il pouvait.

« Voilà notre sort réglé, répéta Dan Baker amèrement.

— Peut-être n'est-ce pas de nous que le pasteur voulait parler ? dit M'man. Peut-être y en a-t-il d'autres que nous qui ne veulent pas de ce comité ?

— Imagines-tu ça ? cria P'pa, irrité. On fréquente une église, on s'efforce de vivre en bon chrétien, et eux, ils osent se servir de l'église pour essayer de vous

obliger à agir comme *eux* veulent qu'on agisse ! Devant ma propre famille ! Devant ma femme et mon fils !

— Le pasteur n'a fait que donner son opinion, Dan. Il n'a peut-être pas compris qu'il pouvait donner l'impression de nous viser.

— Allons donc ! N'as-tu pas vu ce regard qu'il nous a jeté ? N'as-tu pas vu la façon dont les gens nous regardaient à la sortie de l'église ? J'espérais qu'après mon refus ils nous laisseraient la paix, mais je vois qu'il ne faut pas y compter. Ils vont utiliser tous les moyens de pression possibles contre nous, et ceci n'est qu'un début ! »

Ellen Baker posa une main apaisante sur le bras de son mari.

« Tu parles ainsi maintenant parce que tu es en colère, mais...

— Ce n'est que le début, je te dis ! Paul Carson et ses semblables ont décidé que la seule façon de remédier à la situation est de former une de ces bandes de sauvages qu'ils appellent comités de vigilance et ils emploieront tous les moyens auxquels ils pourront penser pour forcer tout le monde à les suivre. Tu as vu, ils n'ont même pas hésité à se servir du pasteur ! Quelle manœuvre répugnante ! Quoique je ne puisse pas blâmer Wattle : Carson et ses amis sont les plus généreux donateurs à la collecte !

— Dan ! s'écria sa femme, choquée. Tu accuses le pasteur de vendre ses sermons ?

— Je n'ai pas voulu dire ça, Ellen. Mais telle est la nature humaine, que veux-tu ! Simplement, Carson et sa clique ont embobiné le pasteur... Maintenant, ce sont nos voisins qui vont s'y mettre. Tout le monde ne va plus nous parler que de ça et essayer de nous obliger à nous joindre à leur bande ! »

Il passa sa main noueuse dans ses cheveux, poussa un petit rire sans gaieté.

« S'ils se figurent que je vais plier devant ce genre de tactique, ils se trompent. Il ne s'agit plus seulement de leur fichu comité, maintenant. Il s'agit de moi, de ma liberté d'agir et de décider. Je suis un homme libre, Ellen, et j'entends le rester !

— Peut-être que ce ne sera pas si grave, mon chéri. »

Dan Baker se tourna vers Billy.

« Ils s'en prendront à toi aussi, fils. En tout cas, il faut t'y attendre.

— Que veux-tu dire ? demanda sa femme.

— Les gosses entendront parler leurs parents à la maison, et à l'école l'un ou l'autre dira à Billy que son père est un peureux, un lâche, pour l'obliger à se battre.

— Qu'ils disent ça pour voir ! cria Billy. Je les...

— Tu ne feras rien du tout, mon garçon. C'est mon combat, pas le tien. Tu n'as pas à me défendre et je ne veux pas te voir revenir à la maison avec le nez en sang. Si ça t'arrive, je te flanquerai sans doute une rossée en plus de celle que tu auras reçue à l'école ! »

Il pointa un doigt vers Billy :

« Ne les laisse pas t'attirer dans leur jeu, fils !

— Non, P'pa, dit Billy. Mais je ne les laisserai pas dire du mal de toi non plus ! »

Billy soutint courageusement le regard de son père, en retenant son souffle, mais il ne put contenir la question qui lui brûlait les lèvres depuis la veille :

« P'pa, pourquoi ne veux-tu pas signer leur serment ? Tu ne serais pas obligé de... d'agir avec eux. Il suffit que tu sois d'accord avec leur comité.

— J'ai déjà vu agir, comme tu dis, un comité de vigilance, Billy, et je ne serai jamais d'accord avec rien de semblable. »

Billy faillit dire que ce n'était pas une réponse à sa question, mais le regard de son père était soudain devenu lointain, tourné vers l'époque et le lieu où les agissements d'un comité de vigilance avaient imprimé une telle marque dans son souvenir. Billy se demanda ce qui avait pu se passer alors et s'il en apprendrait jamais les détails. Se tournant vers sa mère, il vit qu'elle aussi savait de quoi il s'agissait, l'expression de son visage le révélait.

Quoi qu'il se soit passé autrefois et ailleurs, ça avait dû être vilain à voir et à vivre.

« Si les gens ont envie de me prendre pour un peureux et un lâche, reprit Dan Baker, libre à eux. Ça ne me dérange pas. »

Mais cela dérangeait Billy, qui ne pouvait empêcher l'obsédante et effrayante question de se poser à lui :

son père n'était-il pas *vraiment* un peureux et un lâche ? Dans la nature, les opossums font semblant d'être morts pour éviter le danger. Un lâche ne pouvait-il de même éviter de voir sa lâcheté découverte en en parlant lui-même comme d'une illusion, d'un mensonge ?

« Ça ne me dérange pas, répéta P'pa. Aussi longtemps que toi, fils, tu ne penses pas de mal de moi.

— Est-ce si important pour toi, P'pa ? demanda Billy, surpris.

— Évidemment que c'est important. Pourquoi crois-tu qu'un homme travaille dans la vie ? Pour que sa famille, ses enfants l'approuvent, l'admirent et soient fiers de lui. Tu es mon fils, notre seul enfant jusqu'à présent, et tu es donc très important. »

Tout en parlant, le père de Billy s'était accroupi devant lui, amenant son visage à hauteur de celui de son fils. Il le prit par les bras, l'attira vers lui et attendit.

Billy comprenait qu'il aurait dû le rassurer, lui dire qu'il était certain de son courage et qu'il l'admirait. C'était cela que signifiait le silence de son père, Billy le savait, et il sentit sa gorge se nouer, parce qu'il ne pouvait pas prononcer les paroles que son père attendait. Il ne savait plus lui-même ce qu'il pensait de son propre père, il n'était plus sûr de rien, et il ne voulait pas lui mentir.

D'une voix mal assurée, il balbutia :

« Je devrais aller m'occuper de mes bêtes, P'pa... »

Le visage de son père rougit comme si on l'avait giflé, et Dan Baker se releva brusquement.

« Oui, va. »

Il avait été blessé, douloureusement, et par son propre fils. Billy le savait, et en souffrait aussi. Mais il n'avait pas pu faire autrement.

Tout en se dirigeant vers le terrain derrière la grange, Billy s'efforça de secouer de ses épaules le fardeau de ses soucis familiaux, et il espérait y parvenir en s'occupant de ses animaux. Il avait toujours été capable d'oublier ses ennuis de cette façon et il espérait que cela réussirait cette fois encore, parce qu'en ce moment il se détestait à cause de son comportement envers son père.

Rex, le chien, suivait sur ses talons. Comme d'habitude, Rex sautillait et se tortillait amicalement, en s'arrêtant toutes les dix secondes pour se gratter les puces. Billy commença à se sentir mieux rien qu'en voyant les contorsions de Rex. Toujours suivi du chien, il contourna la grange et arriva à son petit jardin zoologique.

C'était un bout de terre qui avait servi autrefois à garder un cochon. La clôture était recouverte de mauvaises herbes, de même que le terrain, mais Billy en dégageait régulièrement le milieu et c'est dans cette sorte de clairière qu'il élevait ses animaux.

Ceux-ci n'étaient pas vraiment aussi nombreux que P'pa le prétendait parfois. Les chats, dont cinq ou six dormaient en ce moment vautrés au soleil, ne réclamaient guère de soins. Ils entrouvrirent paresseusement un œil pour surveiller Billy avec un intérêt dédaigneux pendant qu'il s'occupait de ses souris en cage. Billy avait attrapé un couple de souris et l'avait enfermé dans une caisse recouverte de treillis pour pouvoir les observer à son aise. Le couple avait rapidement eu des petits et, maintenant, cinq caisses clouées bout à bout contenaient une vingtaine de souris. Les caisses ne se raccordaient pas très bien les unes aux autres, mais les différences de niveau fournissaient un bon terrain de jeu aux souris. Quand Billy venait regarder les bestioles, elles se sauvaient de tous côtés, se cachaient sous la paille et les copeaux de leur litière, mais Billy se plaisait à imaginer qu'en fait les souris le reconnaissaient et l'aimaient bien.

Puisant de l'eau dans le tonneau placé sous la gouttière de la grange, il remplit l'abreuvoir des petits rongeurs, s'assura qu'il leur restait encore du vieux pain et des fanes de légumes. Satisfait, il remit en place le couvercle de treillis pour empêcher les chats de venir s'offrir un festin, et traversa le petit enclos en direction des cages à lapins.

Tout le monde lui avait affirmé qu'il est impossible d'élever des lapins sauvages en captivité, mais Billy en avait trouvé quatre, tout jeunes, dans un champ, et avait tenté l'essai. Un des quatre était mort, mais les trois autres avaient tenu le coup et aujourd'hui, dans la rangée de cabanes faites de vieilles caisses, Billy avait dix lapins, et en aurait bientôt quelques-uns de plus, à en juger par l'aspect de deux des femelles.

Il ne fallut que quelques minutes à Billy pour arracher une brassée de hautes herbes et les pousser dans les cages par les trous du grillage, après quoi il s'en alla vers le coin de l'enclos réservé à Alexandre le Grand.

Alexandre le Grand avait toujours été le souci majeur de Billy. « Il est impossible de garder un raton laveur en captivité », lui avait-on également affirmé. Un raton creuse un tunnel pour s'évader, ou escalade n'importe quelle clôture, ou vous attaque, ou devient fou et se laisse mourir. Mais Alexandre le Grand était blessé quand Billy l'avait trouvé et, peut-être par reconnaissance, ou par amitié, il avait plus ou moins accepté sa captivité.

Plus ou moins seulement : de temps à autre, il creusait un tunnel et s'évadait. Comme aujourd'hui par exemple. Il en avait creusé tellement que la surface de son petit enclos ressemblait à un champ labouré. Heureusement, le raton laveur n'allait jamais bien loin. L'illusion de la liberté lui suffisait.

Billy soupira, remplit d'eau fraîche le bol d'Alexandre le Grand, déposa de la nourriture dans la cage, remit le couvercle en place puis appela doucement :

« Alexandre ? »

Les herbes s'agitèrent à quelques mètres, mais le raton laveur ne se montra pas.

« Très bien, dit Billy d'un ton sévère. Si tu n'es pas rentré dans ta cage d'ici une minute, je donne ton dîner à Rex. »

Les herbes s'agitèrent plus furieusement, un bout de fourrure grise apparut un moment, puis Alexandre le Grand plongea dans son tunnel et sa tête émergea à l'intérieur de la cage. Il regarda Billy de ses petits yeux malins.

« C'est très bien, Alex, dit le garçon. Tu peux manger. »

Le raton s'extirpa entièrement de son trou. Il ne s'était pas éloigné de plus de quelques mètres depuis six mois et était devenu si gras qu'il en était ridicule. Si son ventre s'arrondissait encore un tout petit peu, il devrait ramper comme un serpent, parce que ses pattes n'atteindraient plus le sol. Il renifla avec délices l'os de jambon et la poignée de prunes que Billy lui avait apportés et sourit de plaisir.

« Allez, mange, gros père ! »

Alexandre le Grand se jeta sur la nourriture et Rex se mit à courir autour de sa cage, jappant et gémissant comme il le faisait chaque fois qu'il voyait son rival se régaler. Les souris se débandèrent dans tous les coins de leur cage, les lapins relevèrent la tête en tortillant le bout de leur nez et deux ou trois des chats sortirent un moment de leur sommeil pour jeter un coup d'œil à ce remue-ménage, puis se rendormirent.

« Retourne à la maison, grand sauvage ! » ordonna Billy à Rex.

Le chien obéit et s'éloigna en courant.

Billy regarda autour de lui. Tout était en ordre ici, il n'avait oublié personne. Il était temps d'aller voir les faucons.

Se lançant à travers champs, Billy se hâta vers la falaise et son perchoir rocheux. Il espérait que le faucon prendrait enfin son vol aujourd'hui, ce qui réglerait la question et libérerait son esprit du désir de posséder un faucon. Il était important pour Billy de se débarrasser de cette obsession. Son père pouvait avoir besoin de lui d'un jour à l'autre.

Il était difficile de croire que le refus de P'pa de se joindre au comité de vigilance puisse avoir des conséquences fâcheuses, mais on ne peut jamais savoir avec les gens ! Ils sont capables de tout, leurs actions ne sont pas aussi prévisibles que celles des animaux. Peut-être son père s'exposait-il à de graves ennuis, et cela tourmentait Billy.

En atteignant les collines, il se mit à penser plus à son faucon et moins à ses autres soucis. Il espérait arriver à temps pour le voir accomplir son premier vol et devenir ainsi un véritable faucon. Billy en connaissait assez long sur la nature et les animaux pour savoir que dans une couvée, une nichée, il y a toujours un « petit dernier », un jeune plus faible ou moins malin que ses frères et sœurs, que c'est une chose normale et naturelle, mais il ne pouvait s'empêcher d'avoir pitié de ces petits malheureux et c'est pourquoi il serait heureux quand le troisième jeune faucon prouverait enfin qu'il était un oiseau comme les autres.

Alors qu'il approchait de la falaise, Billy aperçut du coin de l'œil un éclair roux dans les épais buissons sur sa gauche et reconnut un jeune renard. Les renards n'étaient plus aussi nombreux dans la région aujourd'hui qu'autrefois. On disait que certaines tribus indiennes avaient vénéré le renard comme une divinité, dans l'ancien temps, mais les colons et les fermiers les détestaient, disant que ces bêtes leur dévoraient trop de poules, et ils les abattaient à chaque occasion.

Maintenant que les renards se raréfiaient et laissaient donc plus de gibier disponible pour les autres carnivores, les loups redevenaient plus nombreux, et cela semblait très étrange à Billy, parce que les loups faisaient certainement autant de dégâts que les renards et probablement plus même, ce qui fait qu'à la longue, en se débarrassant d'un ennemi, les hommes en aidaient un autre plus gênant à proliférer. C'était plutôt bizarre. Mais Billy n'avait pas la prétention de comprendre tout ce que faisaient les grandes personnes.

Escaladant la falaise, il atteignit son poste d'observation, se pencha, plongea ses regards vers le nid.

Il était vide.

« Bon, tant mieux, et tant pis... », soupira Billy.

Il examina le ciel dans l'espoir d'apercevoir son faucon ou sa famille, mais aucun des oiseaux qui sillonnaient les airs en ce moment ne planait gracieusement comme un faucon.

Alors qu'il contemplait le ciel, Billy entendit tout à coup un bruit de cailloux remués, tout près. Il regarda au pied de la falaise, examina la pente caillouteuse qui dévalait à pic jusqu'à un ruisseau situé un peu plus bas, mais ne vit rien bouger.

Le même bruit de petites pierres se reproduisit. Il semblait venir de la pente, de l'autre côté du genévrier abritant le nid des faucons, mais les branches de l'arbre empêchaient Billy de bien voir par là.

Puis, du coin de l'œil, Billy saisit un mouvement dans les buissons, vers sa droite. Tournant la tête, il aperçut le renard croisé un peu plus tôt. Le museau pointé vers quelque chose que Billy ne pouvait voir, le renard, aplati, le ventre au sol, avançait précautionneusement, lentement, une patte à la fois, sans un bruit.

Il s'approchait d'une proie.

Le bruit se fit de nouveau entendre. Billy se laissa glisser à toute allure le long de la falaise, déclenchant de petites avalanches de cailloux et s'arrachant la peau des genoux et des coudes. Il contourna rapidement le tronc du genévrier et, débouchant de derrière un rocher, se trouva face à face avec le renard. Alerté par le bruit, le renard s'était arrêté, la tête levée, les oreilles dressées.

« Ouah ! File ! » cria Billy en agitant les bras.

Vif comme un trait de feu roux, le renard disparut dans les buissons.

Billy s'avança prudemment vers l'endroit que visait le renard l'instant d'avant, l'endroit d'où provenait le bruit de pierres remuées. Il devait y avoir là quelque petit animal blessé. La pensée traversa soudain son esprit que peut-être c'était le jeune faucon. Billy contourna un épais buisson qui lui bouchait la vue – et là, à mi-hauteur de la pente, entre lui et le ruisseau, il aperçut son faucon. Il était étalé sur le sol, ses plumes et ce qui restait de son duvet étaient imprégnés de poussières, couverts de feuilles mortes. Une de ses ailes traînait, étendue en arrière, formant un angle anormal avec son corps.

Le faucon était couché, immobile, mais tremblant de peur et d'épuisement. Il fit soudain un violent effort pour se relever et battit furieusement des ailes en sautant sur place. Une de ses pattes céda sous son poids et l'oiseau roula le long de la pente sur plusieurs mètres avant de s'immobiliser, plus sale et poussiéreux encore.

Billy comprit immédiatement ce qui était arrivé. Le jeune faucon s'était finalement décidé à prendre son vol. Plongeant hors du nid, il avait plané un moment, sans être encore capable de se diriger, s'était cogné dans une branche, à moins que ses faux mouvements ne lui aient fait faire une cabriole queue par-dessus tête, et il s'était écrasé au sol en se blessant une patte.

Maintenant, après plusieurs vaines tentatives pour s'envoler, il était à bout de forces, comme le montraient ses tremblements. Il était blessé, perdu, épuisé et sans défense.

Ce que le renard avait bien vu, lui aussi.

« Pauvre vieux ! » murmura Billy, apitoyé.

Tourné vers le bas de la pente, le faucon ne l'avait pas encore aperçu. Il tenta une nouvelle fois de prendre son vol, ne réussit qu'à soulever un nuage de poussière et à glisser un peu plus bas vers le ruisseau en faisant rouler des petits cailloux. C'était là le bruit qui avait alerté Billy.

Encore une tentative de ce genre, et le petit faucon blessé tomberait à l'eau.

Glissant sur les talons et le derrière, Billy descendit la pente, s'arrêta près de l'oiseau et lui posa fermement une main sur le dos pour l'immobiliser. Le faucon tourna la tête et examina Billy de son œil rond et perçant. Il fit un effort pour s'échapper, mais Billy le maintenait solidement plaqué contre le sol. Il sentait son corps chaud trembler sous sa main.

« Ça va aller, vieux frère, murmura le garçon. Laisse-toi faire, je vais m'occuper de toi. »

Le faucon se secoua violemment, battit des ailes, et Billy faillit le laisser échapper. Il passa une de ses jambes au-dessus de l'oiseau, le maintint sous sa cuisse pour libérer sa main et arracha rapidement sa chemise par-dessus sa tête.

« Laisse-toi faire, vieux, laisse faire Billy », dit-il doucement en étendant la chemise sur le faucon.

Il la lui replia sous le ventre, enroula les manches autour du tout, puis glissa une main sous le paquet pour le soulever. À travers le tissu de la chemise, il eut la surprise de sentir les serres du faucon encercler son poignet et s'y cramponner.

Un peu tremblant, Billy leva le bras. Les serres agrippèrent plus solidement son poignet, il sentit leur pointe presser sa peau, la patte gauche serrant moins vigoureusement que la droite. Ce n'était pas vraiment douloureux, mais la prise était solide. Couvert et aveuglé par la chemise, le faucon restait immobile, sans faire mine de vouloir se débattre ni s'envoler – ni lâcher prise.

Toujours soutenant le faucon, Billy se laissa tomber assis dans la poussière et se demanda ce qu'il allait faire.

S'il relâchait l'oiseau, celui-ci s'épuiserait à essayer de s'envoler, tomberait dans le ruisseau, ou se blesserait plus gravement et deviendrait une proie facile pour le renard ou un autre carnivore.

Billy tourna la tête vers le haut de la pente pour examiner le genévrier. Quand il projetait de capturer son faucon au nid, il s'était dit que ce serait deux fois rien d'escalader cet arbre, mais, à bien y regarder, l'escalade ne devait pas être si facile, même les mains vides. Avec le faucon lui immobilisant un bras, il ne fallait pas y songer. Même s'il avait pu y parvenir et remettre le faucon dans le nid, il n'était pas certain qu'il serait sauvé pour autant : Billy avait entendu dire que l'odeur humaine sur un jeune animal poussait souvent ses parents à le chasser du nid ou à le tuer.

Peut-être pourrait-il laisser le petit faucon dans un endroit sûr au sommet de la falaise, d'où il ne pourrait tomber ? Mais l'oiseau était blessé, incapable de voler : il mourrait de faim.

Non, se dit Billy, la seule chose à faire était de le ramener avec lui à la maison.

Ce qui était aussi la seule chose qu'il ne pouvait *pas* faire. Alors ?

Le faucon remua sur son bras, desserrant et resserrant sa prise pour trouver un meilleur équilibre. Il était étonnamment léger pour sa taille. « Plus de plumes que de viande ! » pensa Billy, qui se sentit soudain submergé par un élan d'amour pour le pauvre petit oiseau blessé et sans défense.

Que faire ?

Quoi qu'il décide, ce serait mal. Il pouvait essayer de sauver le faucon, en désobéissant à son père, ou il pouvait l'abandonner et essayer de croire que l'oiseau s'en tirerait tout seul et ne mourrait pas. C'était une situation aussi embarrassante qu'une question de l'institutrice quand on ne connaît pas la réponse : si on se tait, ça ne vaut rien, et si on répond n'importe quoi, ce n'est pas bon.

« Il faut que je trouve une solution ! » se dit Billy désespérément.

Il savait que les animaux sauvages meurent souvent d'une mort brutale et violente, et souvent jeunes. Il savait que c'est ainsi que la nature élimine les faibles, les blessés, les malades, et favorise les forts pour le plus grand bien de l'espèce entière. Il savait que lui-même était idiot de vouloir intervenir.

Mais c'était *son* faucon. C'était déjà son faucon alors qu'il ne faisait que le regarder et le convoiter de loin, et c'était son faucon plus encore maintenant que le poids de l'oiseau sur son bras, ses serres autour de son poignet, avaient établi entre eux deux un contact, un lien que Billy n'avait déjà plus la force ni le courage de rompre.

Tout à coup, il entendit un bruit d'ailes au-dessus de lui. Levant la tête, il vit les parents faucons se poser sur le bord de leur nid, bientôt suivis par les deux jeunes glissant avec grâce dans l'air. La famille rentrait chez elle, et l'absence du troisième enfant ne semblait guère les troubler.

Le faucon se cramponnait toujours à son poignet, immobile, paisible – sans nid et sans famille désormais, dépendant entièrement de son protecteur.

Billy se remit maladroitement debout en essayant de ne pas compromettre l'équilibre de l'oiseau perché sur son bras, et remonta la pente caillouteuse, la mine décidée.

Il savait qu'il se préparait des ennuis et le regretterait un jour, mais il n'y avait rien d'autre à faire.

3

Vers la fin de l'après-midi, Billy était rentré à la maison, ayant fait pour son faucon tout ce qu'il pouvait faire pour le moment, mais il savait que ce n'était pas suffisant et qu'il lui fallait trouver de l'aide. Dans le cas présent, il n'y avait qu'une seule personne à qui il puisse en demander.

« Où vas-tu ? » lui cria son père en le voyant s'éloigner sur la route.

P'pa était couché sous la carriole, occupé à réparer un ressort, et Billy ne voyait de lui que ses jambes qui dépassaient.

« Je vais juste faire un tour le long de la route, P'pa.

— Chez les Sled ?

— Oui.

— Bon. S'ils te parlent de cette histoire de comité de vigilance, rappelle-toi, ce que je t'ai dit : pas de bagarre.

— Non, P'pa.

— Peut-être qu'ils n'en parleront pas.

— Non, P'pa. »

Les coups de marteau reprirent sous la carriole.

Se sentant plus que jamais coupable envers son père, Billy s'en alla le long de la route. Il faisait très chaud, des nuages d'orage s'amoncelaient dans le ciel, il pleuvrait certainement avant la nuit. Il n'en était que plus urgent pour Billy de trouver de l'aide. Il pressa le pas, préoccupé par son faucon et espérant que les Sled ne parleraient pas du comité de vigilance. C'étaient de braves gens, de bons voisins, et Jeremy, leur fils aîné, était le meilleur ami de Billy.

La maison des Sled était encore plus petite et plus pauvre que celle des Baker. Ce n'était qu'une *soddie**, une maison provisoire à moitié creusée dans la pente de la colline et dont les murs et le toit étaient faits de mottes de terre découpées à la bêche dans l'herbe environnante. Le père Sled construisait en ce moment une vraie maison en bois, juste à côté, mais la carcasse en était abandonnée pour le moment à cause des semailles, qui étaient un travail plus urgent. Avec ses murs et son toit de terre et d'herbe, la *soddie* ressemblait plus à un terrier d'animal sauvage qu'à une habi-

* Du mot anglais *sod :* gazon, motte de gazon. *N.d.T.*

tation humaine. Le terrain tout autour était jonché de jouets cassés et de débris jetés là par les nombreux enfants de la famille Sled. Une charrue rouillée traînait près de la clôture du potager. Plusieurs des enfants les plus jeunes jouaient aux alentours, assis dans la poussière.

S'arrêtant devant le trou noir de la porte, Billy sentit l'odeur caractéristique de ce genre de maisons, une odeur mouillée, de terre et d'herbe. À l'intérieur, il entendit d'autres enfants jouer et se disputer. Il appela :

« Jeremy ! Billy est là ! »

Jeremy apparut sur le seuil. Il avait un an de plus que Billy et le dépassait d'une bonne tête. Quelques mois plus tôt, les deux garçons étaient encore de la même taille, mais Jeremy s'était soudain mis à pousser et maintenant il ressemblait à un épouvantail, long et efflanqué, tout en os, en angles, ses poignets et ses mollets dépassant de vêtements toujours trop courts. Ses dents aussi semblaient avoir poussé, elles lui sortaient presque de la bouche, et Jeremy les exhibait en un sourire paresseux et insolent. Tout cela ne l'empêchait pas d'être et de rester un brave garçon, aussi bien quand il mesurait un mètre quarante que maintenant qu'il mesurait trente bons centimètres de plus.

« Salut, Billy ! dit-il, heureux de voir son ami.

— Tu as une minute ?

— Oui, j'faisais rien.

— Viens. »

Les deux garçons s'éloignèrent vers la grange. Jeremy, plongeant ses grandes mains osseuses dans les poches de son pantalon trop court, remua ses orteils nus dans l'herbe.

« C' qu'y a, Billy ?

— J'ai des difficultés et je voudrais ton avis. Voilà : j'ai attrapé un faucon et je ne sais pas quoi en faire.

— T'as attrapé un faucon ? Dis donc ! T'as toujours eu de la chance, toi, avec les animaux ! »

Jeremy semblait sincèrement émerveillé et admiratif, sans la moindre jalousie.

« Cette fois-ci, ce n'est pas une telle chance, remarqua Billy. P'pa ne veut pas que je le ramène à la maison, mais je ne peux pas le laisser dans la forêt : il est blessé.

— Où est-il ?

— Je l'ai mis dans une caisse, bien recouvert de chiffons pour qu'il n'ait pas froid et qu'il ne se sauve pas, mais je ne peux pas le laisser ainsi trop longtemps. Il doit prendre de l'exercice et, si je veux le garder, il faut que je puisse le faire voler, et le dresser. Enfin, un peu... Et je n'y connais rien. »

Jeremy hocha la tête.

« Pas facile à résoudre, tout ça !

— Qu'est-ce que tu en penses ? Y a-t-il quelqu'un aux environs qui s'y connaisse en faucons et à qui je pourrais le porter, qui le soignerait et l'empêcherait de mourir ? »

Jeremy se gratta la tête un bon moment.

« La seule personne dont j'aie entendu parler, dit-il enfin, c'est le vieux fou. Et encore, j'suis pas sûr, mais il me semble avoir entendu dire qu'il s'y connaissait.

— Le vieux fou ! s'exclama Billy.

— Ben, oui. On dit qu'il a un tas d'animaux chez lui.

— Je ne peux pas porter mon faucon chez le vieux fou !

— P't-êt' qu'il le soignerait.

— Oui, et peut-être qu'il le mettrait à la casserole ! »

À ce qu'on racontait, il y avait toujours eu un fou à Springer. Une fois, deux ans plus tôt, il y en avait eu jusqu'à trois en même temps, dont un nègre borgne qui vivait dans le lit à sec de la rivière et se nourrissait de fruits sauvages. En ce moment, il n'y avait plus qu'un seul fou, mais qui suffisait amplement, à en croire ce qu'on disait de lui. Il vivait quelque part dans la montagne, au nord de la ville, dans une sorte de cabane ou de grotte qu'il partageait avec des douzaines d'animaux sauvages de toute sorte. Lui-même avait un air sauvage : de longs cheveux gris, une barbe en broussaille, des yeux perçants et une allure farouche. Il vivait tout seul avec ses bêtes et on ne savait pas grand-chose de lui parce qu'il ne venait en ville que trois ou quatre fois par an, pour acheter du sel, ou des clous, ou d'autres choses indispensables. Il avait de l'argent pour payer.

« Si tu ne veux pas essayer avec le vieux fou, dit

Jeremy, j'vois rien d'autre à te conseiller. C'est la seule personne dont j'aie entendu parler qui puisse peut-être s'occuper de ton faucon.

— Tu l'as déjà vu, toi, ce fou ? demanda Billy.

— Non. Et toi ?

— Moi non plus. Je ne sais pas si j'ai tellement envie de le voir, d'ailleurs.

— T'as peur ?

— Peut-être, oui, un peu, avoua Billy.

— Moi aussi, j'aurais peur, je crois. Alors, qu'est-ce que tu vas faire ?

— Je ne sais pas. Tu ne pourrais pas..., euh, juste garder mon faucon ici ? Je lui apporterais à manger et je le soignerais, tout ce que tu aurais à faire serait de le cacher quelque part et de...

— Non, interrompit Jeremy. C'est pas possible, Billy. Mon père ne veut pas, il a dit que si je ramenais encore des animaux à la maison il me les ferait bouffer pour mon dîner, et il en est capable ! »

Billy soupira :

« Ça ne me dit vraiment rien, cette idée du vieux fou...

— Il n'est peut-être pas si fou que ça, tu sais. C'est peut-être juste un vieil ermite, c'est tout.

— Oui, bien sûr, toi, tu t'en fiches ! Ce n'est pas toi qui dois aller le trouver.

— Oh ! bon, ça va ! En tout cas, j'vois pas ce que tu pourrais faire d'autre. »

Billy fit oui de la tête et s'éloigna comme pour s'en aller.

« Hé Billy ! Attends ! Qu'est-ce que tu penses de ce sermon, ce matin ?

— Pas grand-chose de bon, grogna Billy, fâché d'être ainsi ramené à ses autres préoccupations.

— Ton père ne veut pas signer, pour le comité, hein ?

— Non.

— Le mien avait d'abord dit qu'il signerait, lui. Mais, maintenant qu'il sait que le tien ne veut pas, il ne veut plus non plus.

— C'est vrai ? demanda Billy, surpris et enchanté.

— Oui, et j'ai entendu dire que m'sieu Dodge ne veut pas non plus, et des gens de l'autre côté de la ville non plus. Ça doit être pour ça que le pasteur était si excité ce matin. Il y a déjà pas mal de gens qui ne sont pas d'accord et qui disent qu'ils ne sont pas sûrs que ce comité sera une bonne chose, alors ceux du comité vont faire tout ce qu'ils peuvent pour les faire changer d'avis, enfin, d'après P'pa. Il a dit qu'il viendrait voir ton père ce soir pour en parler.

— P'pa sera content de le voir, Jeremy. Il croyait qu'il était tout seul contre le comité.

— Non, j'crois pas. Tant que ton père tiendra bon, Billy, ça donnera à d'autres l'idée de tenir bon aussi.

— Tant mieux, dit Billy en souriant.

— Alors, et pour ton faucon, que vas-tu faire ?

— Je ne sais pas. Il faut que j'y réfléchisse. »

Un grondement de tonnerre roula tout à coup à travers le ciel. Jeremy examina les lourds nuages gris, tendit la main : une goutte de pluie s'y écrasa.

« Ne réfléchis pas trop longtemps, Billy. Ton faucon pourrait bien se noyer avant que tu te décides. »

La pluie se mit à tomber à verse au début de la nuit, alors que Billy était déjà couché. Étendu dans l'obscurité, il écouta les lourdes gouttes s'écraser sur le toit au-dessus de sa tête en songeant au faucon enfermé dans sa caisse, tout seul dans les bois, aussi près de la maison que Billy avait osé le laisser.

La caisse était bien coincée dans la fourche d'un arbre et clouée au tronc, elle ne pouvait donc pas tomber. Le couvercle était bien fixé, cloué lui aussi. Billy avait percé quelques trous pour que l'oiseau puisse respirer, et il avait eu la prudence de recouvrir la caisse d'une vieille bâche imperméable. Le faucon ne serait pas mouillé. Mais le vent secouerait l'arbre, le pauvre oiseau serait effrayé par les gémissements de l'orage entre les troncs. Pauvre bête ! pensa Billy.

Après un long moment, le vent se calma et la pluie se mit à tomber plus fort. Au milieu de la nuit, Billy s'éveilla d'un sommeil agité et entendit sur le toit le martèlement de gouttes plus légères. L'orage serait bientôt passé... Un peu réconforté, Billy se rendormit.

Au matin, Billy découvrit que de petits torrents de pluie ruisselaient dans toutes les directions à travers le potager, creusant de minuscules ravins dans la boue. Les plantes, à peine sorties de terre, pendaient lamentablement et traînaient dans les flaques, mais elles se redresseraient en séchant. Cette pluie allait faire le plus grand bien aux cultures, qui en avaient besoin après des semaines de sécheresse. Une fraîche odeur mouillée flottait dans l'air.

P'pa se tenait devant la fenêtre, regardant au-dehors.

« Pas de travail à l'extérieur aujourd'hui, garçon, dit-il. Tout est détrempé et boueux. Nous nous occuperons dans la maison et peut-être pourrons-nous prendre un peu de loisir.

— Oui, P'pa », dit Billy.

Son père se tourna vers lui et immédiatement Billy détourna les yeux, embarrassé et mal à l'aise.

Sans doute P'pa avait-il l'intention de l'inviter à jouer aux dames dans l'après-midi ? Parfois, les jours de mauvais temps, ils bricolaient dans la maison et la grange pendant la matinée, puis s'installaient confortablement devant la cheminée avec le jeu de dames, bien au chaud, P'pa fumant sa pipe en observant le jeu.

Mais ce ne serait pas le cas aujourd'hui, tous deux le comprirent. Pas avec cette gêne qui était entre eux à cause du comité de vigilance.

« Et c'est uniquement ma faute, se dit Billy, parce que je n'ai plus confiance en lui... »

Son père soupira :

« Tu as de quoi t'occuper de ton côté, si je n'ai pas besoin de ton aide ?

— Oui, j'ai... des trucs à faire pour mes animaux, et tout ça, mentit Billy.

— Bon. Donne un coup de main à ta mère et puis tu seras libre. »

M'man n'avait guère de besogne pour Billy et il s'en acquitta en peu de temps. Vers onze heures il avait terminé et se mit en route à travers les pâturages trempés. Il valait mieux ne pas traîner s'il voulait trouver le vieux fou et rentrer à la maison avant qu'il fasse nuit.

Billy s'approcha sans bruit de l'endroit où il avait installé le faucon, pour ne pas l'effrayer – s'il était toujours là. N'importe quel malheur avait pu se produire pendant la nuit : l'orage avait pu renverser la caisse et le faucon serait mort de froid, ou il pouvait être blessé plus gravement que Billy le pensait et en être mort pendant la nuit, ou encore il avait pu s'échapper, s'être trop éloigné pour que Billy le retrouve, ou avoir été dévoré, ou...

Non : la caisse était toujours bien en place dans la fourche de l'arbre. Billy poussa un soupir de soulagement. La bâche était trempée mais n'avait pas laissé passer la pluie et, à l'intérieur de la caisse, la chemise de Billy était sèche et protégeait toujours le faucon. Il en souleva doucement un coin, laissant pénétrer un peu de lumière, et aussitôt l'oiseau s'agita. Il était bien vivant. Billy le recouvrit vite de sa chemise. Jusqu'à présent, tout allait bien.

L'idée d'aller trouver le vieux fou était déjà assez inquiétante, mais Billy était encore plus embarrassé en se demandant comment il allait faire. Il lui fallait découvrir tout seul où habitait ce curieux personnage et il devait emporter le faucon avec lui, sans personne pour l'aider. Jeremy était le seul à qui il aurait pu demander de l'accompagner, et Jeremy n'avait pas caché son manque d'enthousiasme à l'idée de rencontrer le fou.

« Tant pis ! se dit Billy. Je m'en sortirai tout seul. »

Il décrocha la caisse le plus doucement qu'il put, pour ne pas secouer et effrayer le faucon. La seule façon de la porter était de la tenir pressée des deux mains contre sa poitrine, ce qui était gênant et inconfortable, mais la caisse était trop grande pour être portée sur le côté, sous le bras.

« Tant pis, se répéta Billy. Allons-y ! »

Il se mit courageusement en route, vers le nord, prenant des raccourcis qu'il connaissait. Après une heure de marche environ, il avait quitté le terrain qui lui était familier et avait contourné la ville. Il se trouvait au pied de la montagne. Des nuages effilochés traînaient le long des pentes, mais il ne pleuvait pas.

Billy ne savait pas exactement où se trouvait la cabane du vieux fou, mais il en avait une vague idée. Il escalada la montagne, à travers des bois de conifères, et atteignit un plateau herbeux parsemé de gros rochers. Il tenait toujours la caisse du faucon serrée contre lui. L'altitude rendait sa respiration plus pénible et la fatigue commençait à se faire sentir, mais Billy poursuivait sa route sans se décourager, dans l'espoir de trouver au bout du chemin un abri et de l'aide pour son faucon.

Si le vieux fou refusait de le garder ou était incapable de le soigner, Billy n'avait pas la moindre idée de ce qu'il ferait. Peut-être pourrait-il rapporter le faucon à la maison, après tout, raconter à son père comment il l'avait découvert et espérer que tout irait bien. Peut-être trouverait-il une autre solution. Qui sait ? Il était déjà suffisamment étonné de sa propre audace en ce moment, en cherchant à rencontrer le vieux fou.

« Ça montre de quoi on peut être capable quand on y est obligé... », se disait-il.

Après plus d'une heure de grimpée à travers les nuages trempés et glacés, Billy aperçut enfin la cabane du fou. Ce ne pouvait être qu'elle : personne d'autre n'habitait si haut dans la montagne.

Elle était appuyée et comme enfoncée dans le flanc d'une colline de terre et de rocher, moitié cabane et moitié grotte, avec une paroi en troncs d'arbres bouchant l'ouverture de ce qui était la grotte et une solide porte de bois fermant la cabane. Deux autres petites constructions en troncs d'arbres et un enclos se trouvaient un peu plus loin, dans une clairière, abrités sous le léger surplomb de la falaise. Quelques débris traînaient aux alentours : des boîtes de conserve, un vieux seau, un rouleau de fil de fer rouillé, mais dans l'ensemble l'endroit était remarquablement propre pour le camp d'un homme supposé fou.

N'apercevant personne aux environs, Billy s'approcha entre les arbres et les buissons et pénétra dans la clairière où se trouvait le camp. Il n'était pas fâché d'être arrivé (ses bras n'en pouvaient plus !), mais il se sentait aussi un peu inquiet. Rien ne prouvait que le vieux allait l'accueillir amicalement. Qui peut savoir, avec un fou ?

Il était peut-être un peu tard pour y penser...

Billy traversa la clairière et passa près de l'enclos entre les deux petites cabanes. L'enclos était occupé par un faon. Une de ses pattes était maintenue entre deux attelles et entourée de chiffons propres en guise de pansement. Le plus étonnant est que le faon regarda paisiblement Billy sans manifester la moindre crainte.

D'un côté d'une des cabanes dépassait une sorte d'étagère, sur laquelle était perché un gros hibou. Il fixait le vide devant lui sans bouger, l'air endormi. Sur le toit de la cabane, deux écureuils se disputaient une noix. Billy ressentit la curieuse impression que ces animaux étaient là chez eux, tout comme le faon dans son enclos.

Mais il n'avait toujours pas vu le moindre signe du fou.

« Hello ? » appela Billy, pas trop haut, pour ne pas effrayer les animaux.

Pas de réponse. Les écureuils interrompirent leur dispute pour regarder Billy. Le tonnerre roula au loin, derrière la montagne.

Avec un soupir de soulagement, Billy déposa la caisse sur les quelques marches de bois qui conduisaient à la porte de la grotte-cabane. Ça faisait du bien d'avoir à nouveau les bras libres. Face à la porte, il appela, un peu plus fort :

« Il n'y a personne ? »

Un léger bruit se fit entendre derrière lui, comme le froissement d'un vêtement frottant contre un rocher, et une vague ombre passa au-dessus de la tête de Billy. Surpris, il voulut faire demi-tour. L'ombre devint une boucle de corde qui tomba autour de ses épaules et se serra à sa taille en lui immobilisant les bras.

« Bouge pas ! cria une forte voix d'homme. N'essaie pas de filer, gamin ! Pas un geste, compris ? Et je te préviens que je ne plaisante pas ! »

Émergeant de derrière une des cabanes, le fou apparut. Il s'approcha lentement tout en bobinant lentement sur son bras le lasso avec lequel, de sa cachette, il avait capturé Billy. Il semblait très excité et agité, ses longs cheveux gris se dressaient en tous sens autour de sa tête, sa barbe frissonnait, son front luisait de sueur.

Le fou était un homme de haute taille, large et solide, avec une légère bedaine de buveur de bière sous sa vaste chemise de flanelle. Il portait un très vieux pantalon noir, de grosses godasses de paysan et une vieille veste grise. Sa barbe et ses cheveux ébouriffés faisaient paraître sa tête encore plus volumineuse qu'elle ne l'était – une grosse tête ronde, une vraie tête de lion. Il avait l'air assez âgé, au moins soixante ans, estima Billy.

« Ne t'avise pas d'essayer de filer, mon gaillard ! menaça le vieux fou, tournant autour de Billy en tenant la corde solidement tendue. Reste bien tranquille, bouge pas !

— Je ne bouge pas ! protesta Billy. Je reste tranquille, vous voyez bien !

— Qu'est-ce que tu avais l'intention de faire, hein ? Venir embêter le vieux fou, c'est ça ? Voler ses animaux, jeter des pierres dans sa maison ?

— On vous a fait ça ? » demanda Billy, surpris.

Il comprit que ça devait sembler une bonne blague aux garçons de Springer de venir tarabuster ce vieux bonhomme solitaire.

« Mais je t'ai attrapé cette fois ! ricana le fou, toujours tourniquant autour de Billy en tirant sur sa corde. Je t'ai eu ! Ah, ah ! Allons, parle ! Qu'as-tu à dire pour te défendre ?

— Je ne suis pas venu pour vous embêter, dit Billy. Je suis venu voir si vous pourriez m'aider.

— T'aider ? répéta le fou en inclinant la tête et en roulant des yeux. Qu'est-ce que tu as dit ? T'aider ? Qu'est-ce que ça veut dire, t'aider ? Quel mauvais tour veux-tu encore jouer au vieux fou, hein ?

— J'ai apporté cette caisse, là », dit Billy.

Sa peur était passée, il commençait plutôt à être irrité, maintenant. Il sentait qu'il n'avait rien à craindre du vieux fou et était pressé de mettre fin à cette discussion pour pouvoir parler de son faucon.

« Qu'as-tu fourré dans cette caisse ? aboya le vieil homme. Un putois ? Un chat crevé que tu voulais jeter dans ma maison ?

— Non, c'est un faucon. Un jeune faucon à queue rouge.

— Un faucon ? Dans cette caisse ? »

Le fou fronça les sourcils, méfiant.

« Il est tombé, dit Billy. Il s'est blessé.

— Et tu me l'apportes ? À moi ? Pourquoi ?

— Un de mes amis a entendu dire que vous soignez les animaux. Mon père ne veut pas que je ramène d'autres bêtes à la maison. Je ne voulais pas laisser mourir ce faucon, alors je vous l'ai apporté.

— Comment t'appelles-tu ?

— Baker, m'sieu. Billy Baker.

— Et tu as vraiment un faucon dans cette caisse ? »

Le vieux se méfiait encore, semblait se demander ce que tout ça pouvait cacher. Sans lâcher la corde, il s'approcha de l'escalier, s'agenouilla près de la caisse et souleva prudemment le couvercle pour regarder à l'intérieur, après quoi il lança un coup d'œil étonné à Billy, se pencha pour encore regarder dans la caisse, et remit le couvercle en place.

« Tu es venu me trouver... », murmura-t-il, évidemment abasourdi.

Billy ne dit rien.

Le fou desserra la corde et la fit passer au-dessus de sa tête pour le libérer.

« Excuse-moi de cet accueil, mon garçon, dit-il, confus. Ça va ? Je ne t'ai pas fait mal ?

— Ça va bien, m'sieu. Mais vous m'avez fait peur, un moment.

— C'est ce que je voulais, grogna le vieil homme avec satisfaction. Je croyais que tu étais un de ces voyous qui s'amusent à venir jeter des pierres et des saletés chez moi.

— J'ai seulement apporté ce faucon, assura Billy.

— Je vois, je vois. C'est très bien. »

Le visage du fou était redevenu calme, il paraissait tout à fait rassuré et même content.

« Je m'appelle MacGraw, fiston. Tu peux m'appeler Mac, ou MacGraw, comme tu voudras, mais je préfère que tu ne m'appelles pas “le vieux fou”, du moins en ma présence.

— Enchanté de vous connaître, monsieur MacGraw.

— Enchanté aussi, mon garçon.

— Pour le faucon, monsieur... ?

— Oui, oui. Jolie bête... Tu dis qu'il est blessé ? Veux-tu me raconter ce qui lui est arrivé ?

— Vous... Vous voulez bien m'aider ? demanda anxieusement Billy.

— C'est sûr que je veux bien !

— Vous vous y connaissez en faucons ? »

Le vieux MacGraw sourit :

« Fiston, je sais *tout* ce qu'il y a à savoir sur les faucons ! »

Sans parvenir à croire tout à fait à sa chance, Billy raconta à MacGraw l'histoire complète du faucon blessé, sans rien omettre. Quand ce fut fini, il était un peu enroué d'avoir tant parlé, et d'une voix si excitée. MacGraw l'avait surveillé avec intérêt pendant tout ce récit, prêtant autant d'attention à Billy lui-même qu'à ce qu'il disait.

« Tu as réellement observé toi-même tout ce que tu viens de m'expliquer ? demanda-t-il finalement. Ou bien en as-tu inventé une partie ?

— Non, m'sieu, répliqua vivement Billy. J'ai tout vu moi-même, sauf comment son accident est vraiment arrivé.

— Tu as dû passer pas mal de temps en observation, dis donc ?

— Oui, m'sieu.

— Tu aimes bien les animaux, hein ?

— Oh ! oui, m'sieu !

— Pour la plupart des garçons de ton âge, les animaux sauvages ne sont rien de plus que des cibles sur lesquelles tirer.

— Jamais je ne tirerais sur un faucon, m'sieu ! Jamais ! »

MacGraw hocha la tête en souriant, comme s'il n'arrivait pas à y croire entièrement, puis demanda :

« Maintenant, dis-moi ce que tu veux faire : soigner ce faucon et puis le relâcher, c'est ça ?

— Je suppose que c'est tout ce qu'on pourra faire, admit Billy. Ce serait déjà très bien. Si vous pouviez juste m'aider à...

— Une minute, une minute ! On dirait que tu voudrais en faire plus que ça avec ce faucon ? Qu'as-tu dans l'idée ?

— Ben, j'ai entendu dire qu'il y a moyen de dresser les faucons...

— Les dresser ? dit MacGraw, les yeux étincelants.

— Oui, leur apprendre à revenir vers vous quand on les appelle, et à chasser pour vous. »

Le vieux secoua la tête avec amusement et intérêt.

« Certains faucons peuvent apprendre tout ça, oui, mais avec un queue-rouge, ce ne serait pas facile.

— J'aimerais bien essayer quand même, souffla Billy. Oh ! je sais que je ne pourrai pas le faire avec celui-ci puisque P'pa ne veut pas que je le garde à la maison, mais un jour, peut-être..., quand je serai grand...

— C'est un travail très long et difficile, dit MacGraw.

— Je m'en doute. Je ne sais pas comment on fait. Vous savez, vous, monsieur MacGraw ?

— Oh ! je peux dire, reconnut modestement le vieux solitaire, que j'en ai dressé plus d'un...

— C'est vrai ? s'écria Billy. Alors, vous pourriez...

— Doucement, mon garçon ! Nous ne savons même pas si ton stupide oiseau est en état de survivre. Je ne l'ai pas encore examiné de près.

— Vous voulez bien le regarder, m'sieu ? demanda Billy d'une voix suppliante.

— Apporte-le dans la petite cabane », dit MacGraw en se levant.

L'intérieur de la cabane était sombre et surchauffé, la lumière de l'extérieur y pénétrait à peine, et elle sentait le renfermé et l'oiseau, une odeur de plumes et de crottes que Billy reconnut aussitôt. MacGraw lui fit déposer la caisse par terre au milieu du plancher, puis alla fourrager dans un coin et en rapporta une sorte de perchoir en forme de T, recouvert de cuir, qu'il fixa dans un trou du sol. Des lanières et une sorte de petit sac en cuir étaient attachés au perchoir.

« Voilà, tout est prêt, dit doucement MacGraw. Recule-toi contre le mur, fiston, et reste là. Je m'en vais sortir ton oiseau de sa boîte, maintenant, et ce n'est pas un travail d'enfant, ça peut être dangereux. Même pour quelqu'un d'aussi expert que toi », ajouta-t-il avec un regard sérieux et complice à la fois.

Le compliment fit grand plaisir à Billy, qui se colla contre le mur de planches pour ne pas être dans le chemin de MacGraw et observer ce qu'il allait faire.

MacGraw souleva précautionneusement le couvercle de la caisse d'une main tout en glissant doucement l'autre main dans la caisse. Après l'obscurité dans laquelle le faucon était enfermé depuis la veille, la faible lumière de la cabane lui parut sans doute aveuglante et l'oiseau se mit à s'agiter, mais MacGraw lui posa une main ferme sur le dos tout en achevant de retirer le couvercle et la chemise de Billy.

« Hum ! il est un peu maigre », remarqua-t-il.

De sa main libre, il détacha quelque chose du perchoir. Billy surveillait attentivement ses moindres mouvements. MacGraw enfila le petit sac de cuir sur la tête du faucon, d'un geste expérimenté et précis. Ses doigts le firent glisser exactement en place du premier coup, puis, toujours d'une seule main, il parvint à lier les deux lanières de cuir qui devaient le fixer. L'oiseau se débattit un moment contre le capuchon, mais, dès qu'il fut aveuglé, il redevint tranquille.

MacGraw souleva le faucon et le posa sur le

perchoir. Le faucon s'y cramponna et ne bougea plus. Le vieil homme, en une série de gestes légers et rapides, tâta et examina l'oiseau, puis il attacha autour des pattes les deux lanières de cuir du perchoir, après quoi il se redressa et, se frottant lentement le dos, resta les yeux fixés sur le faucon, la mine satisfaite et pensive.

« Un peu maigrichon, comme je le disais, murmura-t-il. Son aile est blessée, mais pas gravement. La patte aussi, du même côté. Mais il tient solidement le perchoir et les lanières ne semblent ni le gêner ni lui faire mal. Je crois que ton oiseau s'en tirera bien, mon garçon. »

Billy contemplait son faucon sur le perchoir, encapuchonné et attaché, mais aussi paisible que s'il en avait toujours été ainsi, et n'en revenait pas de surprise.

« Vous le posez simplement là, et il y reste ?

— Parce qu'il est fatigué et désorienté. Il essaiera peut-être de se débattre contre les lanières un peu plus tard, mais il aura vite compris que ça ne sert à rien. Viens, laissons-le se reposer. »

À l'extérieur, Billy dut fermer les yeux, ébloui par le soleil.

« Vous pourrez le guérir, monsieur MacGraw ?

— Je vais essayer. Tu es venu au bon moment, la cabane est justement vide. Il y a quelques semaines, j'y soignais des hiboux, mais ils sont guéris maintenant, ils se sont envolés.

— Vous pensez que tout ira bien pour le faucon ?

— Je crois, oui. Il n'a rien de cassé.

— Alors, vous me... vous m'apprendrez à le dresser ?

— Ça, c'est une autre histoire, mon garçon, dit fermement MacGraw. Dresser un oiseau de proie est dangereux, il y faut de la technique. Certains oiseaux ne se laissent pas dresser du tout. D'autres fois, tout va bien, tu arrives au bout du dressage et tout à coup l'oiseau reprend sa liberté, il s'envole dans la forêt et c'est fini, tu ne le revois jamais plus.

— Mais je ferai tout ce qu'il faut, si vous voulez bien m'aider, promit Billy.

— D'autres fois, poursuivit MacGraw du même ton, l'oiseau ne vaut rien du tout. Il travaille bien pendant un certain temps puis refuse d'apprendre, se met à bouder, devient méchant et il ne reste plus qu'à lui rendre la liberté.

— Je pourrais m'arranger pour venir un jour sur deux, dit Billy. C'est qu'il faut que j'aide mon père, et des fois M'man me donne aussi des petits travaux à faire, et puis je dois soigner mon raton laveur et les lapins, et les souris, et les chats, et Rex, c'est mon chien, c'est un fameux travail, de nourrir toutes ces bêtes, mais je pourrais trouver le temps, et en courant tout le long du chemin je...

— Un instant, fiston ! Que diront tes parents quand ils sauront que tu vas voir le vieux fou ?

— Ben, je me disais qu'ils ne le sauraient pas..., bredouilla Billy.

— Ah, ah ! dit MacGraw en souriant. Tu leur mentirais, hein ?

— Oh ! non, m'sieu ! Je ne... Enfin, je ne le leur dirais pas... »

MacGraw secoua la tête, se promena un moment à travers son camp, donna un coup de pied dans un caillou et revint enfin vers Billy.

« Toute cette histoire se présente mal, mon garçon. Si ton faucon ne guérit pas ou ne veut pas se laisser dresser, tu seras déçu. Si tes parents découvrent que tu viens chez moi, tu te feras rosser et ils m'attireront des ennuis, me feront peut-être chasser de la région.

— Il n'y aura aucun ennui, monsieur MacGraw, je vous le promets. »

Le vieux solitaire enfonça son index dans la poitrine de Billy pour bien marquer l'importance de ce qu'il allait dire :

« Si tes parents ne veulent pas que tu viennes, tu ne viendras plus, c'est compris ?

— Oui, m'sieu !

— Si l'oiseau ne veut pas être dressé, nous le relâcherons.

— Oui, m'sieu !

— Tu feras tout ce que je te dirai de faire, et comme je te dirai de le faire. D'accord ?

— Oui, m'sieu !

— Et je ne veux pas de larmes ni de crise de nerfs si le faucon s'envole et ne revient pas. Compris ?

— Compris, m'sieu !

— Bon. Tu aimes les biscuits ?

— Les biscuits, m'sieu ? répéta Billy, surpris.

— Oui, les biscuits ! Viens à la maison. »

MacGraw escalada les quelques marches menant à sa cabane-grotte et entra. Il devait se baisser légèrement pour ne pas se cogner au plafond. Billy pénétra à sa suite dans une sorte de grande chambre. Le plafond se relevait et les parois rocheuses s'écartaient vers le fond, se rejoignant quelque part au loin dans l'obscurité, hors de portée de la lumière tombant d'en haut par un trou, sans doute une cheminée naturelle dont Billy estima la hauteur à une vingtaine de mètres.

Le mobilier de MacGraw était très simple et avait évidemment été fabriqué sur place et par lui : une lampe faite avec une vieille boîte en tôle, un fourneau de cuisine également fait avec des boîtes, des caisses servant de tables et de chaises, et un lit fabriqué de troncs d'arbres liés par des cordes et garni de brassées de branches et de fougères. Ce qui frappa le plus Billy était l'ordre et la grande propreté qui régnaient dans cette étrange habitation. Tout y était plus net que dans les autres maisons qu'il connaissait, y compris la sienne. C'était un peu comme le terrier d'un animal, mais d'un animal très intelligent et très propre.

MacGraw lui indiqua une caisse où s'asseoir et plaça sur une autre caisse servant de table une assiette ébréchée contenant des biscuits et une cruche d'eau qu'il puisa dans un tonneau. Billy goûta un des biscuits par politesse et s'aperçut avec délices que c'était le plus succulent biscuit dans lequel il eût jamais mordu. D'un ton gourmand, il s'écria :

« Hum !... c'est délicieux, monsieur MacGraw !

— Évidemment que c'est délicieux, répliqua le vieil

homme. Qu'est-ce que tu croyais ? C'est moi qui les ai faits. »

Pour un vieux fou, pensa Billy, il ne se débrouillait vraiment pas mal.

4

Billy éprouva très rapidement que c'était une sensation désagréable de garder un secret envers ses parents. Il eut envie de tout leur raconter au sujet du faucon et de sa visite chez le vieux MacGraw, mais... ne le fit pas.

C'est la peur tout d'abord qui l'en empêcha : il savait que son père le gronderait sévèrement pour sa désobéissance, lui ordonnerait d'aller rechercher le faucon et de le remettre en liberté, puis le traînerait dans la grange pour lui flanquer une bonne correction.

Mais cette peur se transforma bientôt en un autre sentiment : une sorte de connaissance instinctive lui disait que, dans le cas présent, c'était lui qui avait raison et son père qui avait tort. Billy n'avait jamais éprouvé ce genre de certitude auparavant et trouvait cela assez déconcertant. Il n'était pas certain de pouvoir s'y fier mais décida de prendre le risque, et il ne raconta rien à ses parents.

Le lendemain de la visite de Billy au vieil homme, la famille Baker s'en alla en ville effectuer les achats hebdomadaires.

C'était toujours un événement important pour eux, l'occasion pour Dan Baker de rencontrer des gens, de discuter du temps, des récoltes, du prix des denrées et du bétail, et autres sujets intéressant les fermiers de la région, et l'occasion pour sa femme de flâner dans les quelques magasins de Springer et de passer un temps infini à décider si oui ou non elle allait acheter cette pièce de tissu ou cette chemise. Billy accompagnait le plus souvent sa mère, mais parfois il restait à l'extérieur avec P'pa et écoutait la conversation des hommes, sans en comprendre la moitié.

Springer n'était qu'une petite ville, mais on y trouvait tout ce qui est nécessaire aux besoins de l'existence. Passé le pont de bois enjambant la petite rivière, on arrivait dans la Grand-Rue, ombragée d'arbres, où se trouvaient le magasin général de M. Carson, une épicerie-confiserie, une boutique de modes, un marchand de graines, un armurier et un ou deux autres magasins. Après le carrefour avec la seule autre rue de la ville venaient la banque, le bureau de poste, le coiffeur, trois cabarets et le petit bâtiment de la prison, avec le bureau du shérif adjoint. Billy connaissait la plupart des magasins, mais n'avait jamais vu l'intérieur de la prison.

À l'écart de la Grand-Rue, plus au calme, se trouvaient les belles maisons de certains des commerçants, du médecin, du banquier et de quelques autres richards.

Ce jour-là, une certaine activité régnait dans la Grand-Rue quand la carriole des Baker y arriva. Plusieurs chevaux de selle étaient attachés devant les saloons, deux grandes charrettes et trois plus petites étaient arrêtées ici et là, un groupe de fermiers discutaient devant un des magasins, des gosses jouaient et se poursuivaient un peu partout. Quelques femmes, évitant la poussière de la rue, se hâtaient le long des trottoirs de bois, d'une boutique à l'autre, ou papotaient par petits groupes.

Billy, assis jambes pendantes à l'arrière de la carriole, regardait de tous côtés. Il aperçut plusieurs personnes qu'il connaissait, mais aucun des enfants de son âge qu'il espérait rencontrer.

Quand P'pa arrêta la carriole le long du trottoir, Billy sentit soudain que tout n'était pas comme d'habitude ce jour-là dans Springer.

Ce qu'il remarqua tout d'abord, ce fut le calme.

Plusieurs groupes étaient en train de bavarder non loin d'eux quand la carriole s'était arrêtée, mais toutes les conversations s'interrompirent, rien qu'un moment, et Billy vit des visages se tourner un instant dans leur direction, puis se détourner.

P'pa serra la manivelle du frein, sauta en bas de la carriole et la contourna pour aider sa femme à descendre. Personne autour d'eux ne dit rien. La plupart des gens avaient repris leurs conversations. Billy regarda son père et vit que son visage, dans l'ombre de son chapeau, était dur et fermé. Il comprit que P'pa, sans être vraiment prêt à se fâcher, se tenait sur la défensive.

M'man parut ne rien remarquer d'anormal. Elle salua une dame qui passait :

« Bonjour, madame Madison. »

Mme Madison, une vieille dame coiffée d'une capeline, hésita rien qu'une seconde, puis sourit.

« Bonjour, madame Baker.

— Belle journée, n'est-ce pas ? »

Le père de Billy comprit ce qu'il avait à faire. Montant sur le trottoir, il s'approcha d'un des groupes de parleurs et en prit un familièrement par le bras.

« Salut, Stanley ! »

L'homme se retourna en affichant un air surpris.

« Oh ! salut, Dan ! Je ne vous avais pas vu. »

Dan Baker sourit aux autres membres du groupe.

« Salut, Frank. Comment va, Archie ? »

Billy essaya de découvrir ce qui lui faisait sentir que les choses n'étaient pas normales, mais il ne vit pas grand-chose. Il remarqua que les gens semblaient se forcer un peu pour sourire, qu'ils se lançaient les uns aux autres des coups d'œil furtifs et ne regardaient pas son père en face pour lui parler. Ils avaient tous l'air mal à l'aise.

« Viens, Billy », dit sa mère, et elle entra dans le magasin de M. Carson.

P'pa les suivit de près, au lieu d'aller boire une bière comme il le faisait d'habitude en arrivant à Springer.

Quand Billy était plus jeune, il avait toujours considéré le magasin de M. Carson comme une sorte de caverne d'Ali-Baba, merveilleuse et un peu effrayante. Du très haut plafond pendaient des selles, des rouleaux de corde et de fil de fer, des paquets de faux et de râteaux. Le plancher était encombré de caisses, de sacs, de tonneaux, et sur tout cela flottait une odeur composée de cent odeurs différentes, cuir, bois, résine, huile, poix, épices, tissus. Encore maintenant, Billy recevait toujours un petit choc en pénétrant dans ce magasin aux trésors. Il se dépêcha de rattraper ses parents, qui s'étaient dirigés vers le rayon des tissus.

Deux dames examinaient la marchandise et M. Carson lui-même était occupé à couper une pièce de tissu pour une troisième cliente. Tous levèrent la tête à leur arrivée, comme s'ils étaient surpris de les voir là.

« Bonjour », dit Dan Baker d'un ton de défi.

Un murmure poli lui répondit. Une des dames s'éloigna en hâte, l'autre se déplaça vers le bout du rayon, le plus loin possible de M'man, quand celle-ci s'approcha pour regarder les rouleaux de tissus. Billy remarqua que son père se tenait beaucoup plus près de M'man que d'habitude, comme pour être prêt à la défendre en cas de besoin.

La mère de Billy examina une étiquette et murmura, consternée :

« Ça a augmenté, Dan.

— De combien ? » demanda P'pa.

Elle lui montra l'étiquette.

« C'est beaucoup trop cher pour nous, Dan.

— Si tu as besoin de ce tissu, le prix n'y fait rien. Achète-le. »

M. Carson s'approcha, ses grands ciseaux à la main et un mètre-ruban pendant sur ses épaules, tout sourire :

« Bonjour, bonjour ! Comment allez-vous ?

— Bien, dit sèchement P'pa.

— J'ai vu vos nouveaux prix, monsieur Carson, dit M'man.

— Eh oui, les temps sont durs, il a bien fallu tout augmenter.

— Ne t'occupe pas du prix, achète ce qu'il te faut, dit Baker à sa femme.

— Je peux vous parler un moment, Dan ? demanda Carson.

— Je vous écoute.

— Euh !... je préférerais que ce soit en privé.

— Quoi que vous ayez à me dire, ma famille peut l'entendre, je suppose ? »

Carson baissa la tête, parut examiner ses souliers, l'air embarrassé, puis dit :

« Je suppose, oui...

— Bon. De quoi s'agit-il ?

— Voilà, c'est au sujet de votre compte, dit Carson, l'air de plus en plus mal à l'aise. Vous me devez près de cinquante dollars, Dan.

— Je sais de combien est mon compte, monsieur Carson. À un *cent* près.

— J'aimerais que..., je veux dire, si vous pouviez vous arranger pour...

— Notre compte a déjà atteint ce chiffre auparavant, dit Baker calmement. Vous savez que nous avons toujours payé. Vous savez aussi que nous ne pouvons pas payer pour le moment, pas avant la récolte.

— Je comprends bien, dit Carson. Les temps sont durs pour les petits fermiers comme vous. Mais ils sont durs pour les commerçants aussi. C'est pourquoi je suis obligé de... de prendre certaines mesures. »

Le père de Billy demanda, d'une voix qui commençait à perdre son calme :

« Ce qui veut dire ? »

Carson déposa ses ciseaux et fourra ses mains dans les poches de son tablier :

« Ce qui veut dire que je ne peux plus me permettre de vendre à crédit, voilà tout. »

Dan Baker pâlit. Billy en fut effrayé. Jamais il n'aurait cru qu'un visage pouvait devenir d'une telle pâleur cadavérique. Les yeux de son père étincelaient de fureur.

« Est-ce que vous refusez votre crédit à tout le monde, monsieur Carson ?

— À peu près, oui.

— Mais surtout à ceux qui refusent de signer pour le comité, peut-être, monsieur Carson ?

— C'est mon affaire, Baker. Je dirige mon commerce comme il me plaît. »

Le père de Billy fit un pas vers Carson – un tout petit pas, mais Carson bondit en arrière. La mère de Billy se cramponna au bras de son mari pour le retenir. P'pa gronda vers Carson :

« Vous êtes vraiment pressé, n'est-ce pas ? Vous refusez d'attendre les élections qui auront lieu dans deux mois !

— Nous voulons résoudre nos problèmes plus rapidement que ça, Baker.

— Vous pourriez attendre, et les résoudre légalement.

— Tout ce que nous ferons sera légal, je vous l'ai déjà dit, et d'ailleurs vous mélangez tout. Je vous dis simplement que les affaires vont mal en ce moment et que je suis obligé de réduire le crédit, c'est tout. Je sais que c'est embêtant pour vous, Baker, mais je n'y peux rien et ça n'a rien à voir avec cette autre chose dont vous parlez.

— C'est ce que vous prétendez, Carson, mais vous ne m'aurez pas ainsi.

— Désolé », dit Carson sèchement, et il s'éloigna.

Au début de la soirée, Billy raconta toute cette scène à MacGraw. Ils étaient assis par terre entre les deux cabanes, à côté du perchoir sur lequel MacGraw avait installé le faucon.

« Est-ce que Carson a changé d'avis pour finir ? demanda le vieil homme.

— Non, et, comme P'pa n'avait pas beaucoup d'argent en poche, nous n'avons presque rien pu acheter. P'pa a dit que nous allions devoir nous priver de pas mal de choses pendant quelque temps. C'est comme ça pour les fermiers, monsieur MacGraw : ils vivent à crédit une partie de l'année et paient tout en une fois après les récoltes.

— Je sais. Alors, ton père était furieux ?

— Et comment qu'il était furieux !

— Il va peut-être accepter de signer pour le comité de vigilance, maintenant ?

— Ah ! non, alors ! Il a dit que si c'est ainsi qu'ils agissent, il était moins que jamais d'accord avec eux. P'pa a dit à M. Carson que si c'était la guerre qu'ils voulaient, il s'en fichait et il s'en tirerait bien tout seul.

— Oui, dit MacGraw en hochant la tête, mais les choses ne sont pas en faveur de ton père, tu sais. Il aura toute la ville contre lui. Tu verras, ses amis se détourneront de lui un à un. Les autres les forceront à signer, pour ravoir leur crédit.

— Ils signeront peut-être, mais P'pa, jamais ! cria Billy.

— Ça vaudrait peut-être mieux pour lui.

— Il dit qu'il a une fois vu un comité de vigilance à l'œuvre et que...

— Je sais, coupa MacGraw. Ton père est un brave homme, Billy. Tu as beaucoup de chance d'avoir un père comme lui. Mais toute cette histoire va lui valoir des ennuis, tu verras.

— Alors, vous croyez qu'il devrait signer ? »

MacGraw sourit.

« Si je connaissais les réponses à toutes les questions

de l'existence, Billy, je ne vivrais probablement pas tout seul dans une caverne de la montagne. »

Ces mots rappelèrent à Billy une question qu'il s'était déjà posée et, quoique ses relations avec le vieux MacGraw n'aient pas encore eu le temps de devenir très intimes, il se risqua à lui demander, avec hésitation :

« Comment ça se fait, monsieur MacGraw, que vous viviez ici tout seul ? »

MacGraw serra les mâchoires et lui lança un regard perçant. Leurs yeux se croisèrent pendant un moment et Billy sentit, à la réaction causée par sa question, qu'il avait réveillé dans la mémoire de MacGraw un lointain et pénible souvenir. Quelque chose de mauvais était arrivé jadis à MacGraw, il en fut certain. D'aussi mauvais que le souvenir évoqué par son père à propos du comité de vigilance qu'il avait vu agir autrefois.

C'était surprenant et un peu effrayant de découvrir qu'un homme fort, doux et gentil comme M. MacGraw pouvait avoir de tels souvenirs, avoir été mêlé à des événements pareils, au point qu'il soit devenu un reclus vivant dans un trou de la montagne pour ne plus voir personne.

« J'aime bien être seul, fiston, c'est tout, répondit enfin MacGraw d'une voix bourrue.

— Ah !... » fit Billy, embarrassé.

Il regrettait sa question.

« Sûr, dit MacGraw. Ça m'évite le genre d'ennuis que ton père va sans doute avoir et ça me permet de m'amuser autant que je veux avec les bestioles que j'aime. Comme ton faucon, par exemple. Tu ne trouves pas qu'il a déjà l'air d'aller mieux depuis hier ? »

Billy fut heureux de voir que MacGraw n'était pas fâché par sa question indiscrète, d'autant plus qu'il n'avait presque pas quitté le faucon des yeux pendant toute cette conversation et qu'il était anxieux d'apprendre ce que MacGraw pensait de l'oiseau.

Effectivement, le faucon paraissait en meilleure santé que la veille. Son plumage était plus brillant. Il se tenait solidement cramponné à son perchoir, calme et immobile, la tête couverte du capuchon de cuir, les lanières fixées à ses pattes.

« Je crois que nous pourrions lui donner à manger, dit MacGraw, et voir comment il se comporte sans le capuchon. Nous allons le remettre dans la cabane pour que la grande lumière ne l'effraie pas, et le câliner un peu pour le mettre de bonne humeur. »

Sous le regard attentif et intéressé de Billy, MacGraw glissa sa main gauche et son avant-bras dans un gantelet de cuir épais, puis approcha le bras ainsi protégé du perchoir et le poussa doucement contre les pattes du faucon. L'oiseau se débattit un moment pour ne pas basculer en arrière et rétablit son équilibre en sautant sur le gantelet, auquel il s'agrippa. MacGraw détacha rapidement les lanières du perchoir, les enroula autour de ses doigts et se dirigea vers la cabane, portant le faucon immobile sur son bras.

À l'intérieur, il ne lui fallut qu'un moment pour installer l'oiseau sur son perchoir habituel et y attacher les lanières. L'intérieur de la cabane était si sombre qu'on y voyait à peine. MacGraw enleva son gant de cuir et prit sur une étagère une longue plume dont il se servit pour caresser le faucon sous le bec et le long du corps.

« C'est pour le rassurer et lui faire comprendre qu'il est avec des amis, expliqua-t-il, baissant la voix pour ne pas effrayer le faucon.

— Pourquoi ne le caressez-vous pas avec votre main ? demanda Billy. Ça l'habituerait à être touché.

— Il ne faut jamais le toucher avec la main, pour deux raisons, dit MacGraw avec un large sourire. D'abord, tu pourrais laisser un morceau de doigt dans son bec ! Ensuite, et c'est plus important, l'huile que nous avons sur la peau ne vaut rien pour la protection de ses plumes. Comme presque tous les oiseaux, les faucons ont sur leurs plumes une couche de protection contre l'eau. Si tu l'abîmes et que l'oiseau vole dans la pluie, ses plumes vont absorber l'eau au lieu de la rejeter, il sera trempé, ne pourra plus voler ni chasser, et mourra, probablement. C'est pour ça qu'on le caresse avec une plume. »

Billy montra un long et mince bâton que MacGraw avait préparé en même temps que la plume.

« Et cette baguette, c'est pour le caresser aussi ? »

MacGraw produisit l'espèce d'éternuement qui semblait lui servir de rire.

« Pas tout à fait ! Tiens, donne-moi la boîte qui est là, tu vas voir. »

Billy vit que la boîte de conserve que lui indiquait le vieux MacGraw contenait de petits morceaux de viande crue. Quand il la lui donna, le faucon se redressa et s'agita comme s'il avait senti l'odeur de la viande.

« Maintenant, assieds-toi là-bas et reste bien tranquille, dit le vieil homme, de la même voix douce qu'il employait toujours à proximité de l'oiseau. Je vais lui retirer sa cagoule. Si le faucon regarde de ton côté, ne le regarde pas dans les yeux. C'est très important. Il pourrait prendre ça pour une menace de ta part. »

Avec des gestes lents et précis, MacGraw délaça les cordons qui maintenaient le capuchon et le retira. Le faucon secoua la tête et regarda tout autour de lui. Il avait des yeux magnifiques, sauvages. Son corps tremblait, mais il ne tenta pas de s'envoler. Billy ne put s'empêcher de frissonner quand son regard perçant et comme d'un autre monde rencontra le sien. Il détourna vite les yeux.

MacGraw, ramassant lentement la baguette, en approcha doucement l'extrémité du faucon. L'oiseau s'agita sur son perchoir, méfiant, surveillant attentivement le bout du bâton.

Quand MacGraw l'effleura avec la baguette, le faucon frappa du bec, saisissant le bout de bois et essayant de le briser. MacGraw sourit avec satisfaction, arracha doucement le bâton à la prise du faucon et fit mine de lui toucher le sommet de la tête. À nouveau, le faucon frappa du bec.

MacGraw cligna de l'œil à Billy, prit un petit morceau de viande dans la boîte, l'enfila sur le bout de la baguette et l'approcha lentement du bec de l'oiseau, qui inclina la tête en reculant, indécis. MacGraw lui cogna légèrement le bec avec le bout du bâton et le faucon frappa. Le morceau de viande lui resta dans le bec. Le faucon le mâcha et l'avala en un rien de temps.

« Bien ! approuva MacGraw en souriant.

— C'est ainsi que vous lui apprenez à accepter sa nourriture de vous ? demanda Billy, qui avait suivi toute l'opération avec attention.

— Oui. C'est une étape importante du dressage. Nous passerons du bâton à la corde, puis au leurre. Non, ne pose pas de questions maintenant, tu verras au fur et à mesure de quoi il s'agit. Si le faucon accepte ces trois étapes, nous pourrons sans doute le dresser convenablement sans grande difficulté. Il a l'air d'accepter la première étape facilement, en tout cas ! »

Comme pour lui donner raison, le faucon claqua du bec en arrachant le second morceau de viande que lui présentait MacGraw.

« Bien ! » répéta celui-ci, satisfait de son élève.

Un peu plus tard, à l'extérieur de la cabane, Billy se prépara à rentrer chez lui.

« Quand il sera bien habitué au bâton, nous passerons à l'étape suivante, dit MacGraw. Le dressage ne devrait pas prendre plus de quelques semaines. Tu sais tailler un sifflet ?

— Un sifflet ? dit Billy, étonné.

— Oui. Je t'en fabriquerai un, si tu veux.

— Pourquoi ai-je besoin d'un sifflet ?

— Je suppose que bientôt tu voudras faire voler ton faucon ?

— Oh ! oui ! s'écria Billy, enchanté à cette idée.

— Dans ce cas, il te faudra un sifflet.

— Pour le rappeler, vous voulez dire ?

— Pour *essayer* de le rappeler, précisa MacGraw. Si le faucon se met en tête de s'envoler dans la forêt, tu ne pourras rien faire pour l'en empêcher. Que tu souffles dans un sifflet ou que tu joues du banjo, le résultat sera le même ! Mais le sifflet peut aider, ça fait partie de l'apprentissage. Nous essaierons. »

MacGraw parut réfléchir un moment puis demanda :

« Tu penses utiliser ton faucon pour chasser, Billy ? Pour attraper des oiseaux et des petites bestioles ?

— Oh ! non ! cria Billy, horrifié. Je voudrais simplement... avoir ce faucon, le dresser, le regarder voler et être son ami, c'est tout.

— Je suis sûr que ton père doit trouver ça plutôt idiot, de dresser un faucon ?

— C'est sûrement ce qu'il penserait s'il... »

Billy s'interrompit, penaud.

« Tu ne lui as rien dit, affirma MacGraw.

— Non, m'sieu, avoua Billy.

— Et ton père ne sait pas que tu es venu ici.

— Non, m'sieu.

— Que crois-tu qu'il dirait s'il savait que tu viens voir le vieux fou ?

— Vous n'êtes pas fou ! protesta Billy, indigné.

— Que dirait ton père ? insista MacGraw.

— Je ne sais pas, m'sieu...

— Il t'interdirait probablement de revenir. Je ne voudrais pas que tu aies des ennuis à cause de moi, fiston. Et je ne voudrais pas en avoir non plus, ajouta MacGraw, pensif.

— P'pa ne vous ferait pas d'ennuis, assura Billy.

— Lui, non. Mais les autres... Billy, un tas de gens sont en colère contre ton père en ce moment à cause de son refus de suivre le comité de vigilance, mais ce n'est pas tellement ça la vraie raison. Ils sont en colère contre lui parce qu'il agit autrement que les autres. Il refuse de suivre le troupeau, tu comprends ?

— Il y a des gens qui ne sont pas faits pour être dans un troupeau », dit Billy sérieusement.

MacGraw sourit tristement.

« Le troupeau est rarement de cet avis, Billy, et c'est là que je voulais en venir. Tout comme ça ne plaît pas à certains que ton père agisse autrement qu'eux, je suis sûr que je déplairais à ton père parce que moi aussi je vis autrement. Je vis tout seul, loin des gens, je ne cultive pas la terre, je ne travaille pas, je ne possède rien. Il y a des gens qui sont des solitaires, Billy, comme certains animaux, comme ton faucon. C'est pour ça qu'il sera peut-être impossible de le dresser. On ne peut pas savoir d'avance. Mais, si c'est le cas, nous ne pourrons pas l'en blâmer, parce que telle est sa nature de faucon. Et si les gens se fâchent contre moi, ou toi, ou ton père, parce que nous sommes un peu différents, nous ne pouvons pas les en blâmer non plus, parce que les gens sont ainsi faits qu'ils se méfient de ceux qui sont différents d'eux.

— Mon père ne se fâcherait pas à cause de vous et du faucon », assura Billy une fois de plus.

MacGraw hocha la tête d'un air sceptique.

« Il a suffisamment d'ennuis en ce moment pour ne pas en vouloir d'autres à cause d'un faucon ou d'un vieux fou, tu ne crois pas ? Reviens me voir tant que tu voudras, mais fais très attention de ne causer d'ennuis à personne : ni à toi, ni à ton père, ni à moi. Compris ? »

Non, Billy ne comprenait pas très bien, mais il fit signe qu'il était d'accord.

« Il se pourrait que les choses tournent mal en ville pendant quelque temps, reprit MacGraw. Si ça se produit, il vaudra mieux que tu ne t'occupes plus du faucon ni de moi. Tu me le promets ?

— Je ne comprends pas ce que vous voulez dire.

— Tu me le promets ? insista MacGraw gravement.

— Je le promets, dit Billy, avec l'arrière-pensée qu'une promesse à propos de quelque chose dont il ne comprenait pas le premier mot ne pouvait pas être très importante ni gênante.

— Bon. Maintenant, tu ferais mieux de filer à la maison. Tu dois bien avoir une heure de chemin, d'ici à chez toi. »

En se dépêchant, Billy mettait près d'une heure et demie pour couvrir le trajet, mais cela non plus n'avait aucune importance pour lui. Il remercia MacGraw, lui serra cérémonieusement la main, ce qui fit sourire le vieux solitaire, et partit au galop à travers la montagne.

L'obscurité surprit Billy alors qu'il se trouvait dans les collines, entre Springer et chez lui. Il était encore à une bonne distance de la maison quand il aperçut la lueur d'un incendie en direction de la ville et entendit un galop de chevaux se dirigeant vers lui. Il comprit que le hasard venait de le placer au centre d'événements qu'il aurait préféré ignorer.

Billy longeait à ce moment une ancienne route menant de la ville à une mine abandonnée, sur la crête de la colline. Quand le galop d'une nombreuse troupe de cavaliers éclata soudain tout près de lui au tournant de la route, Billy plongea derrière un rocher comme si sa vie en dépendait – ce qui pouvait très bien être le cas, d'ailleurs.

Derrière Billy, les flammes de l'incendie illuminaient le ciel. Devant lui, tout près, gronda le fracas de sabots de chevaux. Dans l'obscurité presque complète, il distingua une vingtaine de cavaliers, environnés d'un nuage de poussière. La troupe s'immobilisa à une dizaine de mètres du rocher derrière lequel Billy était caché, près d'un grand arbre marquant le sommet de la colline et visible de plusieurs kilomètres à la ronde.

Quand la poussière fut un, peu retombée, Billy, à demi étouffé et se retenant à grand-peine d'éternuer, vit que la plupart des cavaliers étaient masqués, leur tête disparaissant sous des cagoules faites de vieux sacs dans lesquels deux trous avaient été découpés à l'emplacement des yeux, ce qui leur donnait un aspect fantomatique et effrayant. Ils s'étaient groupés plus ou moins en cercle, et au centre de ce cercle se tenaient quatre cavaliers sans cagoule. Leurs vêtements étaient en lambeaux, leur visage couvert de sang, et ils étaient ligotés à leur selle. Les chevaux piétinaient sur place, s'agitaient nerveusement après cette galopade, et les quatre hommes ficelés étaient obligés de se tortiller en selle comme de grotesques marionnettes pour ne pas perdre l'équilibre.

« Silence ! tonitrua une voix puissante. Un peu d'ordre ! Alignez-les ici ! »

Était-ce une voix connue ? De sa cachette, Billy risqua un coup d'œil. Il vit un des cavaliers, celui qui semblait le chef et qui venait de crier ces ordres, gesticuler pour indiquer où il voulait qu'on place les prisonniers : juste en dessous de l'arbre. C'était un homme de haute taille. Sa voix parut familière à Billy, sans qu'il parvienne à la reconnaître.

« Allons, dépêchons-nous ! cria le chef. Lancez des cordes par-dessus ces branches ! »

Billy vit plusieurs des cavaliers faire de grands gestes du bras, des cordes s'envolèrent vers l'arbre. Il comprit avec horreur ce qui allait se passer : les corps des prisonniers, pendus à cet arbre au sommet de la colline, seraient visibles de partout et de loin le lendemain matin et serviraient d'exemple à toute la région, et d'épouvantail menaçant pour ceux auxquels cet exemple serait destiné.

« Faites des nœuds coulants ! Allumez les torches ! ordonnait le chef. Harvey, allez faire le guet plus bas sur la route ! Dépêchons, dépêchons ! »

Dans la lumière des torches, le piétinement des chevaux, le cercle des justiciers en cagoule et le visage ensanglanté des prisonniers prirent un aspect encore plus dramatique. Les nœuds coulants se balançaient à l'arbre.

« Amenez-les ! »

Les cavaliers poussèrent et tirèrent les chevaux des prisonniers jusqu'à ce que les sinistres boucles de corde pendent juste devant les condamnés. L'un d'eux, sentant la corde lui effleurer le visage, poussa un cri étranglé et bascula sur sa selle, évanoui de peur. Des mains le rattrapèrent et le maintinrent droit sur son cheval.

« Silence ! » cria le chef.

Tout s'immobilisa. Les chevaux s'étaient enfin calmés. Seul le crépitement des torches se faisait encore

entendre dans la nuit. Au loin, l'incendie n'était plus qu'un faible rougeoiement.

« Nous avons brûlé vos baraques ! tonna le chef, face aux prisonniers. Nous vous avons conduits ici pour vous juger. Nous sommes la nouvelle loi de Springer. Pas de shérif, pas de tribunal, ni de jury, ni de longues parlotes, ni de subtilités légales, ni de faiblesse ! Ce pays est notre pays, ce sont nos maisons, nos champs, nos familles, et nous les défendons, tous ensemble ! Vous êtes de ces nouveaux venus qui envahissent la région depuis quelque temps, buveurs, voleurs, joueurs et tricheurs ! Vous effrayez nos femmes, vous effrayez nos enfants et leur donnez un mauvais exemple ! Vous ne faites rien de bon ni d'utile ! Vous êtes des parasites et des corrupteurs ! »

Le chef fit une pause dans sa harangue, sa cagoule parut se gonfler pendant qu'il reprenait son souffle.

« Vous quatre avez commis un vol cette nuit. Vous avez cambriolé un magasin. On vous a vus, vous avez été suivis. Nous, le comité de vigilance, vous avons capturés, jugés et condamnés. Nous sommes libres de choisir notre sentence, c'est notre pays, notre ville et notre loi. Nous pourrions faire de vous un exemple pour vos pareils ! »

Le crépitement des torches fut le seul bruit pendant qu'il faisait une nouvelle pause, qu'il prolongea dramatiquement pour bien laisser aux prisonniers le temps de comprendre ce qui les attendait.

« Nous pourrions vous pendre, ici, tout de suite, pour montrer aux autres que nous ne plaisantons pas. »

Un des prisonniers poussa un gémissement.

Billy essayait de découvrir un moyen de s'enfuir de là sans être vu. Il ne voulait pas assister à cette exécution.

« Nous n'allons pas vous pendre, reprit le chef de sa voix grondante. Nous pourrions le faire, mais nous ne le ferons pas – pas cette fois. Nous allons vous laisser aller. Prévenez les autres, dites-leur que le comité de vigilance de Springer est organisé et puissant, et qu'il les tient à l'œil. C'est le seul avertissement que nous donnerons. Nous ne voulons pas verser le sang, mais nous sommes résolus à défendre notre pays et nos familles ! »

Le chef fit un signe à ses hommes et de toutes parts des couteaux jaillirent autour des prisonniers, leurs liens furent tranchés. Le prisonnier qui s'était évanoui bascula de sa selle quand on le lâcha et s'écroula comme un sac en bas de son cheval.

Le chef masqué fit tourner sa monture, se lança au galop et toute la troupe le suivit. Rencogné derrière son rocher, Billy entendit gronder les sabots des chevaux à quelques pas de lui et fut environné d'un nouveau nuage de poussière. Quand il osa regarder vers l'arbre, seule une torche tombée dans la poussière illuminait encore vaguement la scène.

Deux des prisonniers se tenaient en selle absolument immobiles, la tête baissée, comme paralysés. Un troisième, descendu de cheval, était cramponné des deux mains au pommeau de sa selle, la tête appuyée au flanc de sa monture, tout le corps tremblant. Le quatrième prisonnier était hors de vue de Billy, c'était celui qui était tombé de cheval. Sans doute gisait-il, toujours évanoui, là où il s'était effondré.

La torche jeta quelques dernières lueurs, une gerbe d'étincelles, et s'éteignit. Dans la vallée, vers la ville, l'incendie n'était plus qu'un brasillement de cendres.

Rassemblant son courage, Billy rampa quelques mètres, se releva et se lança à toutes jambes au flanc de la colline. Il ne s'arrêta de courir que quand il aperçut l'accueillante lumière de sa maison.

La guerre était déclarée à Springer.

5

Le lendemain matin, le père de Billy reçut une fois encore de la visite. Cette fois, il s'agissait de deux fermiers habitant de l'autre côté de Springer : Judkins, un grand type mince et austère dont une joue était toujours déformée par une chique de tabac, et Braithwaithe, un homme plus âgé dont toute l'énergie semblait avoir été consumée par le dur travail de la terre. Le père de Billy les invita à descendre de leur carriole et à entrer, mais les visiteurs paraissaient décidés à s'approcher le moins possible de la maison des Baker et restèrent assis côte à côte sur le siège de la charrette, dans l'ombre de l'arbre.

« Vous avez peut-être entendu parler de ce qui s'est

passé cette nuit ? » demanda Judkins, faisant passer sa chique d'une joue à l'autre.

Appuyé à sa bêche, Dan Baker les regardait calmement.

« On m'en a parlé, oui.

— Le comité de vigilance s'est mis au travail », dit Judkins.

Il cracha un jet de jus de chique brunâtre.

« Tout s'est bien passé et ces quatre vauriens ont quitté le pays dès l'aube.

— Je vois », dit Baker.

Braithwaithe ôta son chapeau pour s'éponger le front.

« Certains de vos voisins par ici ont compris que le comité allait faire du bon travail et l'ont rejoint ce matin.

— Vraiment ?

— Oui. Les Sled, par exemple. Ils ont signé.

— Je suppose qu'ils ne pouvaient plus se passer de leur crédit chez Carson, dit Dan Baker d'une voix sèche.

— Je crois plutôt qu'ils ont compris ce qui devait être fait pour le bien de tous, répliqua Judkins.

— J'ai du travail qui attend. Qu'est-ce que vous me voulez ?

— On vous fait une petite visite, c'est tout, dit Judkins d'un air offensé. Le comité de vigilance veut s'assurer que tout le monde comprend bien ce qui se passe, que chaque citoyen, qu'il soit membre ou non, se rend compte de ce qui est en jeu. Le comité ne veut rien faire sans l'approbation de ses membres et des gens qu'il protège.

— Ensuite ? dit P'pa tout aussi sèchement.

— Vous avez changé d'avis ? demanda carrément Judkins.

— Non.

— Avez-vous bien réfléchi à vos obligations envers votre famille ? Envers votre garçon, là, dit Judkins en montrant Billy qui se tenait près de la clôture. Vous ne pensez pas que vous avez des obligations envers lui ?

— Je vous remercie de me rappeler mes obligations de père de famille, dit Dan Baker. Très aimable à vous, messieurs. »

Sans un mot de plus, il fit demi-tour, sa bêche à la main.

Un peu plus tard dans la matinée, Billy reçut de la visite, lui aussi. Il bricolait près de la grange quand Jeremy Sled fit son apparition. La mine penaude et ennuyée, Jeremy s'accroupit sans un mot contre le mur de la grange et regarda Billy qui tressait des lanières de cuir pour un harnais.

« Qu'est-ce que tu as ? » demanda Billy, étonné.

Jeremy, maussade, contempla ses orteils enfoncés dans la poussière, les fit remuer.

« Ces deux types sont passés ici aussi, ce matin ?

— Oui.

— Ton père a signé, cette fois ?

— Non.

— Le mien, si.

— Ouais, c'est ce qu'ils ont dit.

— Il était bien obligé, Billy ! » dit Jeremy d'un ton d'excuse.

Billy était surpris par la réaction de son ami.

« On dirait que ça t'embête que ton père ait signé, comme si c'était mal ? Je ne vois pas ce que ça a de mal. Je voudrais que P'pa signe aussi !

— Il a signé à cause du crédit, au magasin. Il appelle ça "se rendre".

— Je ne sais pas si ton père devrait prendre ça ainsi. Le comité va peut-être faire des trucs pas très réguliers, mais c'est sans doute nécessaire.

— Si ces types étaient corrects, est-ce qu'ils vous couperaient votre crédit pour vous forcer à être avec eux ?

— Oui, je n'y avais pas pensé tout à fait comme ça », avoua Billy.

Jeremy soupira :

« Ah ! tant pis... Comment va ton faucon ?

— Il va bien, dit Billy, heureux de changer le sujet de la conversation.

— Et le vieux fou ?

— Il n'est pas fou, Jeremy. Il s'appelle MacGraw et il est très gentil.

— Qu'est-ce que tu lui as raconté quand tu es

arrivé chez lui ? À quoi il ressemble ? Qu'est-ce qu'il a fait pour soigner le faucon ? Il était gravement blessé ? Tu es retourné chez lui ? Combien de temps il faut pour aller là-bas ? Je pourrai y aller avec toi ?

— Pourquoi ne pourrais-tu pas ? dit Billy, répondant d'abord à la dernière question. Et le faucon est presque guéri, il est magnifique. Nous avons déjà commencé à le dresser. Tu verras.

— Tu veux dire que je pourrai t'accompagner ?

— Bien sûr.

— Chic ! Et tu sais, ne t'en fais pas, j'dirai rien à mon père !

— Pourquoi pas ? Il n'y a pas besoin de le lui cacher.

— Tu l'as dit au tien, toi ?

— Ben, non, reconnut Billy.

— Ah ! tu vois !

— Je crois que ça ne lui ferait rien que j'aie porté le faucon chez MacGraw, mais, comme il m'a dit que j'avais déjà assez d'animaux, j'ai préféré ne pas lui en parler.

— Moi, mon père n'aimerait sûrement pas que j'aille chez MacGraw.

— Pourquoi pas ?

— Parce qu'il est... il n'est pas comme tout le monde.

— Et alors ? Il n'est pas fou du tout, tu sais.

— Mon père dit toujours : ne te frotte pas aux gens qui sont différents des autres.

— Pourquoi ?

— Ben..., faut pas prendre de risques, il dit. »

Un peu plus tard, au moment de s'en aller, Jeremy avoua franchement qu'il avait envie de rencontrer MacGraw, quelles que soient les objections de son père. Billy promit qu'il demanderait au vieux solitaire si ça ne le gênait pas d'avoir un second visiteur.

Le fait de cacher toute cette aventure à son père – et maintenant de former une véritable conspiration avec Jeremy – continuait à tracasser Billy. Mais, malgré tous les troubles qui semblaient se préparer en ville, Billy était néanmoins de plus en plus absorbé par son faucon et de plus en plus heureux de connaître MacGraw et de dresser l'oiseau avec son aide.

Toute cette première partie du dressage, lui avait expliqué MacGraw, consistait surtout à habituer le faucon à la présence d'êtres humains, à être admis soi-même par le faucon. Certains faucons, dit-il, refusaient absolument la proximité et le contact de l'homme. Ils se débattaient, essayant de se libérer des lanières, se cassant les pattes ou mourant d'épuisement à force de lutter, refusaient toute nourriture venant de l'homme et se laissaient mourir de faim.

« Il faut qu'un faucon soit idiot pour faire ça, avait dit Billy.

— Non, Billy. Ça montre seulement que certains faucons ont du cran et la volonté d'être libres. Mais le plus difficile pour se faire admettre par le faucon, c'est qu'il doit être d'accord, tu comprends ? Il faut qu'il accepte de te faire confiance. »

Ils bavardaient de la sorte, assis près du faucon planté sur son perchoir.

« Il y a des gens, continua MacGraw, qui donneraient tout au monde pour être adoptés par un faucon, parce que pour y arriver il faut être d'une espèce particulière... Tu vois, un animal a des sens dont nous ne savons rien, que nous ne comprenons pas. Regarde ce faucon, là. Il sait que nous sommes ici. Il écoute. Il te *sent,* en ce moment. Il commence à te connaître et il essaie de se décider à ton sujet, de se faire une idée. Tu as un avantage, c'est qu'il n'a pas vraiment vécu et volé en liberté, et que tu lui as sauvé la vie. Mais malgré cela, si tu n'es pas au fond de toi-même le genre de personne qu'il faut, si le faucon ne sent pas que tu lui conviens et que tu lui plais, jamais tu n'arriveras à le dresser.

— Vous croyez qu'il sait que je lui ai sauvé la vie ?

— C'est sûr qu'il le sait, fiston.

— Comment ?

— Il le *sait,* c'est tout. »

C'était une notion mystérieuse et un peu effrayante, mais Billy sentait que c'était vrai. Des gens lui avaient dit plus d'une fois qu'il avait une sorte de don pour comprendre les animaux, et il savait par exemple qu'il comprenait et connaissait Alexandre le Grand beaucoup mieux que n'importe qui aurait pu le faire. Mais l'explication de MacGraw lui fit une profonde impression parce que sa façon de parler des faucons semblait signifier que ces oiseaux n'étaient pas simplement des animaux sauvages comme les autres. Les faucons étaient des créatures à part.

Billy avait déjà cru le sentir, et il en était de plus en plus persuadé. Quand il observait les faucons dans leur nid, avant l'éclosion des jeunes, il avait souvent essayé de s'imaginer ce qu'on ressent en volant, en planant, en regardant la terre de si haut et avec des yeux si perçants. Comment pourrait-on jamais être sûr de savoir ce qu'un faucon peut penser, ou connaître ? C'était impossible ! Billy estima que se laisser mourir de faim plutôt que d'être nourri par quelqu'un qui ne vous plaît pas n'était pas idiot après tout, mais plutôt noble.

Puis il se rendit compte que, toutes proportions gardées, c'était un peu ce que faisait son père en ce moment envers M. Carson et le comité de vigilance. Et dans ce cas...

Tout cela était bien compliqué pour son cerveau d'enfant. Il n'aurait jamais cru que recueillir un faucon blessé allait l'entraîner à réfléchir à de si graves questions...

« Viens, rentrons, dit MacGraw. Nous allons lui retirer son capuchon.

— Vous croyez que ça se passera bien cette fois ? » demanda anxieusement Billy.

La fois précédente, dès que MacGraw lui eut doucement enlevé sa petite cagoule de cuir, le faucon s'était tenu immobile et silencieux un long moment sur son perchoir, puis avait soudain explosé en un grand battement d'ailes pour s'envoler. Ses ailes atteignaient près d'un mètre d'envergure et le soutenaient puissamment. Mais les lanières fixées à ses pattes l'avaient arrêté avec un choc et l'oiseau était tombé sur le sol, toujours battant furieusement l'air de ses ailes. MacGraw avait dû lui remettre le capuchon, en constatant d'un air résigné :

« Il y a de bons jours et de mauvais jours... »

Billy était impatient de voir comment allait se comporter son faucon aujourd'hui. MacGraw l'installa sur le perchoir de la cabane, lui attacha les pattes puis lui ôta le capuchon, avec les mêmes gestes précis, légers

et rapides qu'il avait toujours pour s'occuper de l'oiseau.

Dès que sa tête fut libérée, le faucon gonfla son plumage et parut doubler de volume, comme si un nouveau souffle de vie s'éveillait en lui. Il piétina pour assurer sa prise sur le perchoir, puis tourna lentement la tête vers Billy. Le garçon détourna ses regards comme le lui avait appris MacGraw, mais en surveillant le faucon du coin de l'œil. Le faucon écarta légèrement les ailes, les laissant pendre, et se figea dans cette position telle une statue. Ses yeux étaient fixés sur Billy, en un regard d'une intensité surprenante. Billy sentit que le faucon regardait en lui, tout au fond, sans s'arrêter à l'aspect extérieur, pesant, jugeant, séparant le vrai de l'illusion et de l'apparence. Il n'essaya plus de se sauver ni de s'envoler.

« Peut-être qu'il me trouve assez bon pour lui, murmura Billy sur un ton de plaisanterie, mais beaucoup plus fier et heureux qu'il ne voulait le montrer.

— En tout cas, c'est bon signe, reconnut MacGraw.

— Est-ce que je suis assez bon ? demanda Billy impulsivement. Au fond de moi, je veux dire ?

— Je l'espère, fiston, dit MacGraw. Nous le saurons bientôt. »

Dans l'après-midi de ce même jour, la maison des Baker reçut une fois de plus une visite. M'man était partie chez les voisins pour aider Mme Sled, la mère de Jeremy, à broder un couvre-lit, et P'pa était dans les collines à la recherche d'une des vaches qui s'était échappée du pré, quand Billy vit arriver Sweeney, le shérif du comté.

Sweeney était monstrueusement gros. Il aimait répéter qu'il ne ressemblait pas le moins du monde à un agent de la loi, ce qui était une façon indirecte de dire qu'il en était un quand même, et un bon.

« Salut, fiston ! dit-il jovialement en descendant de son cheval, dont le dos, débarrassé de ce poids, parut se relever de trente bons centimètres. Ton père n'est pas à la maison ?

— Non, m'sieu, et je ne sais pas quand il va revenir.

— Je suis Sweeney, le shérif, quoique je n'en aie pas l'air. »

Billy tendit la main en souriant et le shérif l'engloutit dans son énorme patte en lui rendant son sourire.

Sweeney mesurait environ un mètre soixante-dix de haut, dans les un mètre vingt de large et il était chauve comme une bille de billard. Son pantalon faisait penser à une tente de cirque et il avait sans doute fallu une pièce de tissu entière pour confectionner sa veste. Il portait un revolver à six coups, une ceinture de cartouches et son étoile de shérif, mais tout cela ne le faisait pas ressembler plus à un défenseur de la loi. Un ennemi n'aurait même pas eu besoin de viser pour l'abattre : il lui aurait suffi de se trouver dans un rayon d'un kilomètre et d'avoir une indication approximative sur la direction de sa cible. Pas étonnant que son cheval ait le dos creusé en demi-lune ! Le miracle était que le pauvre animal soit encore vivant.

« J'ai entendu dire que ton père était un de ceux qui ne veulent pas se joindre à cette bande de vigilants, dit Sweeney en s'appuyant contre un pieu de la clôture, qui geignit.

— C'est vrai, dit Billy.

— Pourquoi ?

— Il dit qu'il n'aime pas ça. »

Le shérif s'enfourna un quart de livre de tabac à mâcher dans la bouche, marmonna :

« On lui a coupé son crédit en ville, hein ?

— Oui, m'sieu.

— On lui mène la vie dure.

— Oui.

— Et il ne cède pas ?

— Non, alors ! Au contraire !

— J'aimerais lui parler. Tu ne sais pas quand il va revenir, dis-tu ?

— Non, m'sieu. Il cherche une vache échappée, ça peut lui prendre des heures. »

Le shérif cracha un geyser de jus de tabac.

« Je n'ai pas le temps de l'attendre, il faut que je retourne en ville. Quand il reviendra, dis-lui que je suis passé et que, s'il pouvait venir à Springer pour me parler, ça me ferait plaisir.

— Vous allez rester quelque temps en ville,

m'sieu ? » demanda Billy, se rendant compte trop tard que sa question risquait de passer pour insolente : Sweeney avait nommé un adjoint à Springer, cela lui avait toujours paru suffisant et il n'y faisait que de rares apparitions.

« Je vais rester quelque temps, oui. soupira-t-il en frottant son énorme bedaine.

— Je ferai votre commission à mon père, promit Billy.

— Les gens qui restent respectueux de la loi régulière ont besoin de s'unir en ce moment...

— Vous voulez dire après ce qui s'est passé la nuit dernière ? »

Le shérif se hissa péniblement en selle. Le cuir des

courroies grinça dangereusement et le corps du cheval s'affaissa vers le sol d'un demi-mètre.

« Non, dit Sweeney, après ce qui s'est passé cet après-midi.

— Je ne croyais pas qu'il pourrait encore arriver quelque chose de pire que ce qui s'est passé cette nuit. »

Le shérif regarda Billy du haut de son cheval. Sa large figure rondouillarde reflétait une tension et une inquiétude qu'on ne s'attend pas normalement à voir sur le visage d'un homme si gros. Les gros ont la réputation d'être toujours joyeux.

« C'est que tu ne sais pas ce qui est arrivé au pauvre Plotford, dit-il d'une voix lasse.

— Plotford, c'est votre adjoint, n'est-ce pas ? Que lui est-il arrivé ?

— Six balles dans le dos, voilà ce qui lui est arrivé, gronda le shérif.

— Mince ! s'exclama Billy.

— Tu peux le dire. Avec autant de plomb dans le corps, un homme n'est plus bon à grand-chose, sauf à servir d'ancre à un canot sur la rivière. »

Billy essaya de comprendre ce que tout cela signifiait. Le comité de vigilance avait attaqué et quelqu'un s'était défendu – contre le shérif adjoint. Maintenant, Sweeney se trouvait seul et sans aide, acculé le dos au mur pour ainsi dire. Et il venait chercher le père de Billy. Pourquoi ?

« N'oublie pas de dire à ton père que je voudrais le

voir, garçon. Il vaudrait mieux qu'il vienne avant la tombée de la nuit, parce qu'on dirait qu'il se passe de drôles de choses par ici en ce moment, pendant la nuit. Salut, petit !

— Au revoir, m'sieu », bredouilla Billy, qui craignait d'avoir compris pourquoi le shérif voulait voir son père.

En se retournant pour rentrer dans la maison, il aperçut sa mère qui revenait de chez les Sled.

« Que se passe-t-il encore, Billy ? » demanda-t-elle d'une voix inquiète.

Billy lui répéta ce que le shérif avait dit.

« Ton père avait raison, dit M'man, le front soucieux. Tu vois ce qui arrive. Maintenant le shérif va nommer plus d'adjoints, le comité de vigilance va frapper plus violemment, les autres vont contre-attaquer... Ça ne s'arrêtera plus... Billy, je veux que tu restes près de la maison désormais, dit-elle en le prenant par les épaules. Nous allons devoir être très prudents. Tu entends ? »

Billy pensa à MacGraw et au faucon, au long trajet à travers bois et montagne qu'il parcourait chaque soir. Il avait déjà échappé de peu à une mauvaise rencontre, et que ne risquerait-il pas si quelqu'un découvrait qu'il avait vu les hommes en cagoule sur la colline – et qu'il avait reconnu parmi eux Carson et deux de ses amis ? Il devrait se montrer très prudent en effet s'il voulait éviter que ses visites chez le vieux MacGraw deviennent impossibles, parce qu'il ne pourrait pas supporter de devoir y renoncer.

Peut-être était-ce idiot, se disait Billy, d'attacher une telle importance à ce faucon alors qu'il se passait tant de choses plus sérieuses et que son père risquait de graves ennuis. Mais le faucon était important pour lui : il lui avait sauvé la vie, le faucon était devenu sa responsabilité. C'était à lui, et à MacGraw, de faire de l'oiseau un chasseur entraîné, un vrai faucon.

« Ton père voudra probablement t'emmener avec lui en ville, dit sa mère. Si tu as encore des petits travaux à terminer ou tes animaux à soigner, il vaut mieux t'en occuper dès maintenant.

— Tu crois que le shérif va demander à P'pa d'être son nouvel adjoint ?

— Je ne sais pas », dit M'man, et Billy découvrit soudain sur son visage une douzaine de rides qu'il n'y avait jamais vues auparavant.

Il se sentit comme entouré, encerclé de choses vagues et menaçantes. Si son père était nommé adjoint, il allait devenir comme Plotford, et Plotford était mort...

« Allons, va faire ce que tu as à faire », lui rappela sa mère, interrompant ses pensées.

Billy s'en alla vers l'enclos, nourrit et abreuva tout son petit monde, reboucha le nouveau tunnel creusé par Alexandre le Grand, puis travailla un moment à désherber le potager, mais sans parvenir à se distraire complètement de ses craintes et des questions qu'il se posait au sujet de son père et du faucon.

Même un étranger aurait senti immédiatement que l'atmosphère de Springer était anormalement tendue ce jour-là.

Pourtant, tout semblait comme d'habitude dans l'aspect de la ville, se dit Billy quand il y arriva avec son père. Des chevaux étaient attachés ici et là le long de la Grand-Rue, deux charrettes étaient arrêtées devant le magasin de Carson, des chiens dormaient couchés dans la poussière, des enfants jouaient à se pourchasser sous les arbres, un couple de vieux était assis au soleil sur un banc.

Mais Billy remarqua l'absence de mouvement et de trafic dans la rue : pas de cavaliers passant en s'interpellant comme il y en avait toujours, aucun des habituels fainéants traînant devant les saloons. Ceux-ci semblaient fermés, d'ailleurs.

C'était un peu comme un dimanche ou un jour de congé, quand tout est calme et que les choses ne se passent qu'à l'intérieur des maisons. Billy se rappela les hommes masqués de la nuit précédente, violents et brutaux, cachés à l'abri de leurs cagoules – et tout aussi cachés maintenant derrière un masque de respectabilité, derrière leur apparence d'honnêtes citoyens. Il se demanda de quoi ils auraient l'air avec leurs cagoules, au grand jour, dans les rues de Springer.

Son père conduisit la carriole jusque devant la prison et s'y arrêta. La porte s'ouvrit aussitôt et le shérif Sweeney apparut. Il avait ôté sa veste et semblait encore plus gros en manches de chemise.

« Salut, Dan ! dit-il en souriant de plaisir. Merci d'être venu.

— Viens, Billy, dit P'pa.

— Euh ! Dan, pouvons-nous parler entre nous ? » demanda Sweeney.

Dan Baker hésita.

« J'aime autant rester ici, P'pa, assura Billy. Je verrai peut-être passer des copains. »

Baker hocha la tête et suivit le shérif à l'intérieur de la prison. Billy s'installa commodément sous le porche de bois et se mit à penser à son faucon, puis aux événements des derniers jours. À voir cette petite ville apparemment si paisible, il était difficile de croire que de telles choses s'y passaient et que la nuit livrait le pays à la violence et au meurtre.

Billy était assis là, réfléchissant, quand il entendit un léger tintement de clochette, un peu comme une cloche de vache, venant du bout de la rue. Se tournant du côté du bruit, il vit, marchant lentement dans la rue, un vieil homme barbu et un peu bedonnant, vêtu d'habits dépenaillés, coiffé d'un grand chapeau de feutre avachi et portant un gros bâton de marche taillé dans une branche. Il menait par la bride une mule de bât qui, à part les joyeux tintements de la cloche pendue à son cou, semblait l'animal le plus pitoyable que

Billy ait jamais vu. Le vieil homme marchait sans tourner la tête ni s'occuper de personne.

« Hé ! m'sieu MacGraw ! » appela Billy, tout heureux de rencontrer son grand ami.

MacGraw s'arrêta sur place et releva vivement la tête, surpris et peut-être effrayé de s'entendre appeler par son nom. En apercevant Billy, son visage s'épanouit en un large sourire. Il agita la main et s'approcha :

« Salut, fiston !

— Que faites-vous en ville, monsieur MacGraw ? »

Le vieil ermite s'appuya contre le chariot et s'éventa avec son chapeau.

« Eh bien, Billy, même le vieux fou de la montagne doit faire ses petits achats de temps en temps. Je suis venu acheter du sel, de la ficelle et des clous. Je m'offrirai peut-être une petite douceur aussi, deux ou trois boîtes de tomates, une bouteille de whisky. Contre les morsures de serpents, naturellement, ajouta-t-il en clignant de l'œil.

— Naturellement ! dit Billy en riant.

— Et toi, fiston, que fais-tu en ville ? Es-tu aussi venu acheter du whisky ?

— Non, je suis venu avec mon père. Le shérif voulait lui parler.

— Tiens ! Le shérif nous honore de sa présence ? remarqua MacGraw, sarcastique.

— Oui. Son adjoint a été tué cet après-midi.

— Tué ! s'exclama le vieux solitaire. Le pauvre vieux Plotford ?

— Oui. »

MacGraw secoua la tête avec tristesse.

« C'était un brave homme. Je le connaissais un peu. Il aimait bien aller à la pêche, mais il n'attrapait jamais grand-chose, il n'avait pas beaucoup de chance... »

Il se recoiffa, enfonça son vieux chapeau sur sa tête.

« Il n'a pas eu de chance aujourd'hui non plus...

— Je n'aurai plus le temps de venir voir le faucon aujourd'hui, monsieur MacGraw. Comment va-t-il ?

— Il va bien. Pas besoin de t'en faire pour lui ! Son

aile guérit. Ce matin, je l'ai promené dans la cabane, perché sur mon bras et sans capuchon, pour l'habituer, et il serrait bien le gant des deux pattes. Sa patte blessée va beaucoup mieux aussi. »

Billy allait poser une nouvelle question quand une voix brutale derrière lui le fit sursauter :

« Qu'est-ce que vous fabriquez là, vous ? »

Billy et MacGraw se retournèrent.

À quelques mètres d'eux, près du coin de la prison, se tenait un homme que Billy connaissait de vue, le boucher de Springer. Son tablier maculé de sang lui entourait le ventre et Billy vit avec un choc qu'une ceinture de cartouches et un étui de revolver étaient bouclés par-dessus le tablier.

MacGraw, assez surpris, demanda :

« Est-ce à nous que vous parlez ?

— Oui. Que faites-vous avec ce garçon ?

— Nous bavardons bien gentiment tous les deux.

— Que faites-vous dans cette ville ?

— J'habite ici, dans la montagne, dit MacGraw, poliment mais sur ses gardes.

— Ah ! vous êtes le vieux fou, c'est ça ? dit le boucher.

— Il n'est pas fou ! protesta Billy.

— Toi, je ne t'ai rien demandé ! grogna le boucher.

— Je vous le dis quand même ! C'est mon ami, nous bavardons sans rien demander à personne et vous feriez mieux de nous laisser tranquilles !

— J'ai l'impression que tu as besoin qu'on

t'apprenne les bonnes manières, menaça le boucher en avançant d'un pas.

— Laissez ce garçon tranquille », dit MacGraw, toujours aussi calme.

Le boucher s'arrêta, regarda Billy, puis MacGraw, baissa la tête, visiblement indécis sur ce qu'il devait faire. D'un ton un peu solennel et faussement résolu, il reprit :

« Je suis membre du comité de vigilance. Notre but est de faire respecter la loi et l'ordre, et de vivre tous ensemble en bonne entente sans que personne vienne nous déranger.

— Je ne dérange personne, dit MacGraw. Il me semble même que c'est plutôt vous qui venez nous déranger dans notre paisible conversation. Quelle loi ai-je violée ? En quoi ai-je troublé l'ordre ?

— Ce n'est pas votre place ici, vous n'avez rien à faire dans cette ville. Vous n'avez aucune raison d'ennuyer ce garçon. Je vous ai vu, de ma boutique.

— Je n'ennuie personne.

— Votre place n'est pas ici. Fichez le camp !

— Et qui a décidé que ma place n'était pas ici ? »

Le boucher parut embarrassé et ne répondit pas.

« Y a-t-il une liste des gens dont la place est ici ? insista MacGraw. D'après quoi les juge-t-on ? Leur taille ? Leur couleur ? Je croyais que seuls les nègres étaient interdits à Springer ! »

À ce moment, la porte de la prison s'ouvrit. Le boucher jeta un coup d'œil de ce côté et se mit à frotter ses mains sur son tablier d'un air gêné.

Billy se retourna. Sur le seuil de la prison se tenait le shérif, souriant :

« Allons, allons, ne nous disputons pas », dit-il d'une voix conciliante.

Derrière lui apparut le père de Billy, la mine malheureuse. Sur sa chemise était épinglée une étoile de shérif adjoint.

6

« Je ne voulais pas accepter, expliqua Dan Baker, contrarié, pendant le repas du soir. Je ne suis pas qualifié pour ce travail et je n'ai peut-être pas le droit de prendre ce risque, avec une femme et un enfant qui dépendent de moi. Mais Sweeney a besoin d'aide et plus personne ne sera en sécurité dans cette ville si on n'intervient pas rapidement. »

Assise devant son repas auquel elle n'avait pas touché, la mère de Billy n'avait jamais été si sérieuse ni soucieuse.

« Je sais que tu devais accepter, Dan, dit-elle.

— Ce n'est pas comme si je devais vraiment faire respecter la loi. Tout ce que demande le shérif est que je le tienne au courant. Mais il faut bien qu'il y ait un représentant de la loi à Springer. »

Dan Baker se tourna vers Billy.

« Au fait, je n'ai pas encore pensé à te le demander : qui était ce vieux bonhomme qui était avec toi tout à l'heure ?

— C'est M. MacGraw, dit Billy, embarrassé.

— J'ai eu l'impression que le boucher avait un vieux compte à régler avec lui.

— Non, corrigea Billy. Nous étions en train de bavarder et le boucher est venu fourrer son nez dans nos affaires. »

P'pa hocha la tête.

« Ces gens vont se servir de leur comité de vigilance contre tous ceux qui ne sont pas à leur goût. Bientôt, plus personne ne sera à l'abri de cette clique ! Et que faisais-tu avec ce MacGraw, Billy ? Qui est-ce ? Comment le connais-tu ?

— C'est... plus ou moins mon ami, dit Billy, hésitant.

— Ton ami ? Où l'as-tu rencontré ?

— Ben..., chez lui, P'pa...

— Où habite-t-il ? À Springer ?

— Non, P'pa... Il vit... hors de la ville...

— Qui est ce MacGraw, Billy ? demanda son père sévèrement.

— C'est juste un brave vieux, P'pa. Il vit tout seul dans la montagne sans gêner personne.

— Quoi ? C'est le vieux fou ?

— Il n'est pas fou, P'pa !

— Je sais, je sais. Mais c'est bien lui que les gens appellent ainsi ?

— Oui.

— Comment se fait-il que tu le connaisses ? »

Billy se sentit coincé. Il n'y avait plus moyen de cacher la vérité, maintenant.

« C'est à cause d'un oiseau qui était blessé, P'pa.

— Quel genre d'oiseau ?

— Un faucon...

— Un de ces faucons dont tu parlais il y a quelques semaines ?

— Oui. Il s'était blessé en tombant du nid. Je ne pouvais pas le rapporter ici parce que tu m'avais dit que je ne pouvais plus avoir d'autres animaux, mais je ne voulais pas le laisser mourir, P'pa. Jeremy m'a parlé du vieux fou. Je suis allé le voir et il a pris le faucon pour le soigner. Il n'est pas fou du tout, P'pa ! Il est gentil, et il connaît des tas de choses sur les faucons. Nous allons dresser le mien. Il est presque guéri, il a déjà appris à manger des morceaux de viande qu'on lui donne au bout d'un bâton et...

— Quand vas-tu cesser d'être un bébé ? » coupa brutalement son père.

Billy se tut, étonné, et regarda P'pa, dont le visage était déformé par la colère et la déception.

« Quand vas-tu te décider à grandir et à devenir un homme, Billy ?

— Pourquoi es-tu fâché ? Parce que j'ai un faucon, ça ne... »

Dan Baker frappa la table du poing avec colère.

« La ville est en révolution, toute la région risque d'être mise à feu et à sang d'un jour à l'autre, l'adjoint du shérif a été tué et j'ai été obligé de prendre sa place, le comité de vigilance nous fait tous les ennuis possibles, tous les voyous des environs souhaitent probablement ma mort ! Et tu joues avec un faucon !

— Dan ! dit la mère de Billy d'un ton de reproche.

— Quoi, "Dan" ? Quand ce garçon va-t-il devenir conscient de ses responsabilités ? »

La colère de Billy éclata aussi soudainement que celle de son père.

« Et toi ? cria-t-il. Quand vas-tu te joindre au comité et les aider à remettre tout en ordre ?

— Qu'est-ce que tu dis ? Billy, je t'ai expliqué que...

— Je sais que c'est une bande de brutes, P'pa ! Mais ils font ce qu'il y a à faire. Qu'est-ce qu'il y a de mal à ça ?

— Même si ce qu'ils font est vraiment à faire, on ne peut pas le faire n'importe comment. Où veux-tu en venir, Billy ?

— Tu me dis de prendre mes responsabilités, mais toi, tu ne prends pas les tiennes.

— Je t'ai expliqué pourquoi je ne pouvais pas être d'accord avec eux.

— Est-ce la vraie raison, P'pa ?

— Ça suffit ! cria Dan Baker, rouge de fureur. J'en

ai entendu assez sur ce sujet ! Tu feras ce que je te dirai de faire, un point c'est tout ! Compris ?

— Oui, P'pa, murmura Billy d'une voix étranglée.

— Tu vas apprendre à devenir un homme ! Et si tu n'y arrives pas tout seul, je t'y forcerai !

— Dan, je t'en prie, intervint sa femme.

— Reste en dehors de cela, dit sèchement P'pa. C'est une affaire entre lui et moi. Il faut que Billy apprenne à devenir sérieux. Il ne peut pas filer dans la. montagne pour retrouver un vieil imbécile et jouer avec un oiseau dans l'état où sont les choses en ce moment ! Il n'en est pas question ! »

Il se tourna vers Billy.

« Maintenant, écoute-moi bien ! Je ne veux plus que tu ailles voir le vieux MacGraw, sous aucun prétexte. Il ne faudrait pas s'étonner que ce soit à lui qu'ils s'attaquent la prochaine fois. Lui aussi est différent des autres, ça pourrait leur déplaire. Et que feront-ils de toi, et de nous, s'ils découvrent que tu es tout le temps fourré chez ce vieux bonhomme ? Il faut cesser de le voir, Billy !

— Et mon faucon ?

— Je t'ai dit que je ne voulais pas que tu aies un faucon. N'y pense plus et ne m'en parle plus. »

Billy cherchait désespérément ce qu'il pourrait bien trouver à dire pour faire revenir son père sur sa décision, quand tout à coup il perdit le contrôle de lui-même et laissa s'échapper les larmes qu'il sentait monter depuis un moment et s'efforçait de retenir. Les

pleurs jaillirent de ses yeux, ruisselèrent sur ses joues et son menton. Hoquetant, il bredouilla d'une voix entrecoupée :

« Je ne peux pas ne plus y penser, P'pa ! Je ne fais de mal à personne en allant voir M. MacGraw et mon faucon ! Je fais mon travail ici et tout ce que tu me dis de faire ! Tu... tu n'as pas le droit de m'empêcher de faire quelque chose si ce n'est pas mal.

— C'est ce que nous verrons ! répliqua P'pa en se levant.

— Dan », dit sa femme, fermement.

Dan Baker s'arrêta et la regarda.

« Laisse-le, Dan, dit-elle. Laisse-le aller voir son faucon et le dresser, si c'est ça qu'il veut. »

La figure de son mari se renfrogna.

« Tu es avec lui et contre moi, alors ? »

Billy n'avait jamais vu sa mère avec un visage aussi dur et déterminé.

« Je veux que tu le laisses faire ce qu'il a envie, Dan. Ça ne signifie pas que je suis contre toi.

— Tout ça pour un stupide oiseau ! cria P'pa, en colère.

— Justement, Dan. Si ce n'est rien de plus important qu'un oiseau, pourquoi en faire un tel drame ? Laisse Billy s'amuser avec son faucon, puisque pour lui c'est important.

— Jamais je n'aurais cru que tu m'empêcherais d'élever mon propre fils comme je l'entends !

— C'est *mon* fils aussi.

— D'accord ! hurla P'pa, repoussant furieusement sa chaise contre la table. D'accord ! Puisque c'est ce que vous voulez tous les deux, allez-y ! Mais rappelez-vous que c'est contre ma volonté et ne venez pas pleurer auprès de moi si ça finit mal ! »

P'pa sortit comme un ouragan et claqua violemment la porte derrière lui, secouant les casseroles pendues au mur.

M'man se leva à son tour et commença à débarrasser la table.

« Il est vraiment fâché, M'man..., murmura Billy.

— Il est tracassé en ce moment, dit sa mère calmement.

— Peut-être que je ferais mieux de ne plus aller chez M. MacGraw quand même, après tout.

— C'est important pour toi, n'est-ce pas, Billy ?

— Oh ! oui ! avoua Billy dans un élan de sincérité naïve. J'ai toujours eu envie d'un faucon, M'man. Et M. MacGraw est gentil, tu sais. Peut-être parfois il se sent seul, il a toujours l'air content de me voir et de pouvoir bavarder avec moi.

— Alors, va le voir quand tu en as le temps, conseilla sa mère. Tu perdras bien assez vite ta dernière occasion de jouer et de t'amuser, Dieu sait...

— Mais si P'pa doit se fâcher chaque fois que...

— Un homme ne reste jamais fâché longtemps avec sa femme, Billy, tu apprendras cela un jour, dit M'man avec un petit sourire mystérieux.

— Il restera fâché contre moi, alors ? demanda Billy, inquiet.

— Non, rassure-toi, je ne le laisserai pas faire, et d'ailleurs tout ira mieux quand les choses se seront calmées en ville et que ton père n'aura plus tous ces soucis. »

Plus tard, alors qu'il était couché, Billy entendit ses parents qui discutaient en bas dans la cuisine. La voix de son père était farouche, comme celle d'un homme qui se défend, celle de sa mère doucement insistante, et il n'y avait plus de colère entre eux. Billy se sentit rassuré. Peut-être tout irait-il bien, se dit-il.

Il songea à son faucon, là-bas dans la montagne avec MacGraw. Ce serait sûrement un bon faucon, il en était sûr. MacGraw et lui y veilleraient. Billy s'imagina le faisant voler, le regardant s'élever dans le ciel, libre, puis revenir se poser sur son poing. Il en ferait le faucon le plus merveilleux du monde. On peut réussir tout ce qu'on veut, si on le veut vraiment et si on travaille assez dur pour l'obtenir.

Toujours rêvant de son faucon, Billy s'endormit.

7

Le dressage d'un faucon, avait expliqué MacGraw, n'est pas une chose qui traîne longtemps. Ou bien le faucon accepte d'être dressé, ou bien il n'accepte pas. Quel que soit le cas, on le découvre rapidement, en quelques semaines tout au plus.

« Comme je vois les choses, dit MacGraw un soir où tous deux, assis par terre, contemplaient l'oiseau, qui les observait en retour de son regard fixe et pénétrant, ce faucon a toutes les chances de se révéler un brave animal de compagnie, un copain, et bien peu de chances de jamais devenir un vrai chasseur.

— Il sera un copain *et* un chasseur, assura Billy, remarquant avec plaisir qu'au son de sa voix le faucon tournait dans sa direction le regard de son magnifique œil noir et doré.

— Ça se peut, grogna MacGraw. L'ennui est que, comme tu me l'as raconté, il était le “petit dernier” de la couvée. Dans la nature, il serait mort depuis longtemps, dévoré par un renard comme c'est presque arrivé, ou d'une autre façon, peu importe.

— Mais je me suis trouvé là pour le sauver, dit Billy.

— C'est justement ça qui n'est pas naturel.

— Pourquoi pas ? Je suis aussi naturel qu'un renard, non ? Mon faucon a eu de la chance au lieu d'avoir de la malchance, qu'est-ce que ça a de pas naturel ? Le hasard dans la nature ne doit pas toujours être nécessairement mauvais.

— Il y a du vrai là-dedans, admit MacGraw avec un sourire. Pourtant, espérons que ton faucon ne deviendra pas trop copain, apprivoisé comme un perroquet de salon ! »

Billy s'avança vers le faucon en levant le bras. L'oiseau gonfla ses plumes, battit des ailes en se dressant et siffla de colère, le bec à demi ouvert.

« Alors, demanda Billy, est-ce qu'il ressemble à un perroquet de salon ?

— Non, mais ça ne veut pas dire qu'il acceptera de devenir un vrai faucon chasseur, soupira MacGraw.

— Qu'allons-nous lui apprendre aujourd'hui ? »

Maintenant que le faucon était bien habitué à accepter les morceaux de viande qu'on lui donnait avec la baguette, MacGraw avait commencé à le nourrir de morceaux plus gros jetés à terre devant son perchoir. Pour s'en saisir, le faucon devait sauter du perchoir sur le sol, puis déchirer les morceaux de viande avec ses serres et son bec avant de pouvoir les avaler.

Après quelques jours de ce nouvel exercice, non seulement l'oiseau se jetait avidement sur la viande, mais il s'était parfaitement habitué aux longues lanières qui l'attachaient au perchoir. Comme les rapaces ont également besoin d'os, de plumes et de résidus alimentaires pour avoir une digestion correcte, Billy lui offrait de temps à autre de petits moineaux morts. Le faucon fut bientôt capable de détecter à distance si Billy lui apportait une de ces friandises. À peine le garçon débouchait-il dans la clairière abritant le camp de MacGraw que le faucon se dressait sur son perchoir en battant des ailes et en criant s'il avait quelque chose de bon pour lui. Si Billy arrivait les mains vides, l'oiseau restait immobile, se contentant de le fixer de son regard froid.

« Il est déjà bien dressé à espérer que je lui apporte des moineaux, dit Billy. Il n'est pas bête, mon faucon !

— Il se figure peut-être que c'est lui qui t'a dressé à lui en apporter, et il se dit sans doute que tu es trop bête pour y penser chaque fois ! » plaisanta MacGraw.

Billy préférait ne pas parler des moineaux à sa mère. Elle aurait dit que c'était cruel. Billy lui-même n'aimait pas attraper les petits oiseaux, mais c'était indispensable pour la digestion particulière des rapaces. Quand le faucon avait été nourri correctement, il régurgitait tous les trois ou quatre jours une boulette d'aspect poilu, à peu près grosse comme le pouce, à l'aide de laquelle il s'était nettoyé le tube digestif. MacGraw ouvrit une de ces boulettes avec son couteau pour en montrer l'intérieur à Billy : elle était composée de petits os, de tiges de plumes et d'autres déchets non digestibles. Sans un petit oiseau à dévorer de temps en temps, ou une souris, ou tout autre gibier à plume ou à poil, le faucon risquait de tomber malade, avait expliqué MacGraw.

Ils continuaient à nourrir l'oiseau dans la pénombre de la cabane, ou à l'extérieur quand la nuit était presque tombée.

« Il faut l'habituer peu à peu à une lumière plus vive. Tout doit être fait lentement et progressivement dans le dressage d'un faucon », affirmait MacGraw.

Le dressage progressait donc pas à pas, graduellement, mais chaque jour un nouveau pas était effectué, suivant un programme que le vieux solitaire semblait bien connaître mais dont Billy ne devinait que rarement la prochaine étape.

Malgré les travaux qu'il avait à faire à la maison, Billy trouvait presque chaque jour le temps de venir chez le vieux MacGraw. Il découvrit bientôt qu'en plus des soins qu'il apportait au faucon l'ermite avait bien d'autres activités pour occuper son temps, et que la plupart de ces activités se rapportaient aux animaux.

MacGraw se procurait toute sa nourriture par la

chasse et la pêche. Il plaçait des collets dans les bois, pêchait dans la petite rivière qui descendait de la montagne et passait à une centaine de mètres sous son camp. Billy, qui croyait s'y connaître assez bien en matière de chasse et de pêche, comprit rapidement qu'il n'était qu'un apprenti comparé à son vieil ami.

Mais, la plus grande partie de son temps, MacGraw la consacrait aux autres animaux : ceux qu'il soignait ou élevait. En plus du faucon, il avait en ce moment cinq autres « patients » dans ce qu'il appelait son hôpital. Il y avait le faon, qui guérissait lentement des blessures causées sans doute par un puma ; le hibou, qui s'était attaqué à un morceau trop gros pour lui et y avait laissé une partie d'une aile ; un jeune loup dont une patte avait été affreusement mutilée par un piège métallique ; un vieux chat sauvage qui semblait devenu trop gras et paresseux pour chasser et sortait chaque jour de la forêt pour venir voir ce qu'on avait de bon à lui offrir ; et enfin il y avait Gracieuse, la mule, qui était la propriété de MacGraw depuis le jour où son maître avait voulu l'abattre parce qu'elle était trop vieille et où MacGraw était intervenu en disant que même cela pouvait se guérir, avec suffisamment de patience, de soins et de chance.

Le faon, en attendant de pouvoir être remis en liberté, vivait dans l'enclos ; le hibou se tenait le plus souvent sur le toit d'une des cabanes ou dans un arbre proche ; MacGraw gardait le petit loup dans une grande caisse à l'intérieur de sa maison-grotte. Mais

Gracieuse, en tant qu'animal domestique, était autorisée à se promener en liberté dans le camp, où elle renversait les cordes à linge de son maître et enfonçait la clôture en fils de fer du potager pour aller brouter les petits pois.

« Sors de là, vaurienne ! hurlait MacGraw, plus amusé que fâché. Allons, plus vite ! Faut-il que je te botte le derrière ? »

Gracieuse dressait une oreille, bâillait, ressortait majestueusement par la brèche qu'elle venait d'ouvrir dans la clôture, et MacGraw se mettait patiemment à réparer une fois de plus les fils de fer.

« Pourquoi n'employez-vous pas du barbelé ? lui demanda Billy un jour. Elle ne s'y frotterait plus !

— Non, je n'aime pas cette invention-là. Pour commencer, c'est cruel. Tu n'as jamais vu une vache ou un daim qui s'est pris la patte dans une clôture en barbelé ? J'ai rencontré plus d'une pauvre bête sautillant sur un moignon après s'être littéralement scié la patte pour s'arracher à cette saleté ! Non, pas de barbelé ici ! Et, même si ce n'était pas cruel, je n'en utiliserais pas.

— Pourquoi pas ?

— Les barbelés finiront par couper tout ce pays en petits morceaux, dit MacGraw d'un ton vaguement réprobateur.

— Il faut bien rendre le pays habitable et civilisé, fit remarquer Billy.

— Ah ! oui ? Qui dit cela ?

— Mon père, entre autres. »

MacGraw changea aussitôt de ton et d'expression :

« Il a sûrement raison s'il dit ça, Billy. Mais, vois-tu, il n'y a pas si longtemps, tout ce pays était libre, tu pouvais aller du Mexique au Canada sans rencontrer une seule clôture. Ça a bien changé ! Bientôt, on ne pourra plus parcourir deux cents mètres sans devoir demander à quelqu'un la permission de passer chez lui !

— Moi, ça ne me gênera pas, assura Billy, parce que, quand je serai grand, je vivrai dans la montagne, comme vous.

— Ah ! oui ? dit le vieil homme, amusé.

— Oui, et j'aiderai les animaux malades et blessés, comme vous le faites.

— À l'allure où vont les choses, il n'y aura bientôt plus d'animaux non plus. C'est à peine si on voit passer des oies et des canards, alors qu'autrefois ils obscurcissaient le ciel. Les bisons ont été exterminés et la même chose finira par arriver aux pigeons migrateurs, fais-moi confiance ! Les belles dames des villes aiment trop les plumes... Et puis on rasera les forêts, on abattra les aigles et les oiseaux comme ton faucon, il n'y aura plus d'habitats naturels ni de parents pour avoir des petits et garder les espèces en vie, et ce sera fini... »

La voix de MacGraw était amère et triste.

« Les chasseurs et les trappeurs seront satisfaits, alors. Ils pourront se promener tant qu'ils voudront, l'œil aux aguets, prêts à tirer sur le moindre animal rescapé qui commettra l'erreur de se montrer... »

Il y eut un moment de silence. Billy, frappé par le désespoir du vieil homme, n'osait plus parler ni bouger. Il murmura enfin :

« Vous n'aimez pas beaucoup les gens, n'est-ce pas ?

— Je les connais, dit MacGraw en haussant les épaules.

— Est-ce pour ça que vous vivez tout seul dans la montagne ? Parce que vous détestez les gens ?

— Je n'ai pas dit que je les détestais, mon garçon. J'ai dit que je les connaissais, c'est tout. Détestes-tu un renard parce qu'il tue un lapin ? Détestes-tu un faucon parce qu'il tue une grenouille ou un petit oiseau pour le manger ? Non, évidemment. La nature est ainsi, voilà tout. Elle n'est ni bonne ni mauvaise ; elle *est.* C'est la même chose avec les gens et il ne rime à rien de les détester ou de les blâmer. L'homme est le plus destructeur des animaux chasseurs parce qu'il est le plus intelligent et qu'il aime tuer plus que n'importe quelle autre créature. Il est le plus cruel, et quand il n'a rien d'autre à faire, il tue même ses semblables. »

MacGraw soupira :

« Mais c'est simplement sa nature, comme je le disais. Ah ! au diable tout ça ! Allons faire travailler ton faucon. »

Dès que Billy et MacGraw s'occupaient de l'oiseau, le vieux solitaire perdait son cynisme et redevenait comme un enfant. Il aidait et conseillait Billy, le taquinait parfois, mais jamais ne se moquait de lui méchamment.

Une nouvelle étape du dressage fut abordée. En nourrissant le faucon de morceaux de viande lancés devant lui sur le sol, MacGraw en attacha certains au bout d'une ficelle et montra à Billy comment donner de petites secousses à cette ficelle quand le faucon sautait de son perchoir, pour l'obliger à modifier son vol afin d'attraper sa nourriture. Parfois, le faucon ratait son coup, s'énervait et frappait sauvagement du bec pour s'emparer d'un morceau de viande. Lui apprendre à s'emparer de sa nourriture de cette façon était important, expliqua MacGraw, pour préparer le faucon au stade suivant de son entraînement, qui viendrait dans une semaine ou deux.

En même temps, les deux dresseurs apprenaient à l'oiseau à se laisser porter sur le poing. Au début, dans la cabane presque obscure, MacGraw approchait du faucon son bras recouvert du gantelet et l'appuyait doucement contre ses pattes, menaçant de le faire tomber en arrière. Le faucon battait des ailes pour se maintenir en équilibre, puis était obligé de sauter sur le bras ganté et de s'y agripper. Quand le bras de MacGraw se fatiguait, il laissait Billy prendre sa place, et bientôt l'oiseau se fut si bien habitué à cet exercice qu'il finit par sauter de lui-même sur le bras qu'on lui présentait, y restant calmement perché.

« Il le fait très bien ! murmura Billy, enchanté, la

première fois que son faucon exécuta correctement la manœuvre. Regardez, monsieur MacGraw !

— Chut, reste tranquille, conseilla le vieil homme à voix basse. Ne bouge pas, laisse-le s'habituer à sa position. Dans un moment, nous verrons s'il se laisse transporter sur ton bras sans s'effrayer. »

Mais un peu plus tard, quand Billy tenta de faire quelques pas, le faucon fut pris de panique. Battant frénétiquement des ailes, il essaya de s'envoler, fut arrêté en plein vol par les lanières enroulées autour du poing de Billy, tomba en avant et resta pendu la tête en bas, entraînant le bras de Billy par son poids. MacGraw se précipita à la rescousse du pauvre oiseau, lui replia les ailes, le prit fermement entre ses mains et le replaça sur son perchoir.

« J'ai tout fait rater ! se lamenta Billy. Et, en plus, je l'ai peut-être blessé. Quand il s'est mis à battre des ailes, j'ai eu peur et je l'ai laissé tomber. Je suis idiot !

— Allons, du calme, mon garçon », dit doucement MacGraw tout en caressant le faucon avec une plume pour l'apaiser.

Le corps de l'oiseau tremblait, ses yeux lançaient des éclairs. Visiblement, il n'était pas content de ce qui lui était arrivé.

« Tout va bien, continuait le vieil ermite, cherchant à calmer en même temps Billy et l'oiseau. Tu n'as rien fait de travers, fiston, ce n'est pas ta faute, et ça aura été une bonne leçon pour notre élève de se retrouver

ainsi la tête en bas. Il y regardera à deux fois maintenant avant d'essayer de s'envoler ! »

Billy surveilla MacGraw qui caressait toujours le faucon avec la plume et constata que l'oiseau semblait déjà oublier sa mésaventure. Il avait adopté sa position habituelle sur le perchoir et prenait visiblement plaisir à être caressé. Billy gardait malgré tout l'impression d'avoir commis une erreur ou une faute.

« Tout ira mieux la prochaine fois, dit MacGraw. En fait, je suis sûr que d'ici trois ou quatre jours tu pourras promener ton faucon à l'extérieur. Ce serait peut-être l'occasion d'amener avec toi cet ami dont tu m'as parlé. Tu pourras lui montrer tout ce que le faucon a déjà appris et même le promener sur ton poing en son honneur. »

Quand Billy lui avait parlé quelques jours auparavant du désir de Jeremy de venir voir le faucon, MacGraw n'avait même pas paru entendre, mais il profitait maintenant de l'occasion pour rassurer Billy sur les prouesses de l'oiseau et en même temps pour lui dire qu'il acceptait la visite de Jeremy. Billy ressentit soudain un immense élan de gratitude et d'amour pour ce vieil homme si bourru en apparence et si bon, si sensible et si intelligent en réalité.

Il comprenait bien que ce n'était pas une petite chose pour MacGraw de laisser venir une autre personne chez lui. Il tenait trop à son calme et à sa solitude, mais autorisait la venue de Jeremy pour faire plaisir à Billy et pour lui permettre de partager avec un ami un moment important du dressage du faucon.

« Vous êtes sûr que vous voulez bien que Jeremy vienne ? demanda Billy.

— Oui, pourquoi pas ? bougonna MacGraw.

— C'est que... vous n'aimez pas tellement que des gens viennent ici.

— Je le sais mieux que toi.

— Je peux vraiment l'amener, alors ? insista Billy.

— Puisque je te le dis, mille tonnerres ! explosa le vieil homme. Si je te le dis, c'est que c'est comme ça ! Combien de fois vas-tu encore me le demander ? »

Billy était déjà familier avec ces éclats de colère de MacGraw. Il l'avait parfois entendu injurier Gracieuse en un langage qui aurait fait s'évanouir sa mère. Mais il pouvait se calmer tout aussi rapidement, cracher feu et flammes à un moment et l'instant d'après caresser un animal blessé ou effrayé en lui donnant les soins les plus tendres avec son habituelle voix douce et gentille.

« Viens avec ton ami demain, si tu veux, proposa MacGraw, redevenu calme.

— Non, pas demain.

— Pourquoi pas ?

— Euh !... je n'aurai peut-être pas le temps de le prévenir d'ici à demain. »

MacGraw haussa les épaules, comme pour dire que peu lui importait quel jour viendrait Jeremy, et s'éloigna.

La vérité était que Billy n'était pas tout à fait sûr

d'avoir envie de faire connaître son vieil ami et son faucon à quelqu'un d'autre. Il n'était pas certain de vouloir les partager avec Jeremy.

Accroupi devant le perchoir du faucon dans la cabane sans lumière, Billy se mit à penser tout haut, bavardant avec l'oiseau :

« Je ne suis pas égoïste, c'est pas ça, tu sais. Jeremy a envie de venir et je le laisserai venir. Je veux qu'il t'admire. Mais... pas demain, pas si vite... »

Le faucon le regardait calmement de ses yeux fixes et sauvages, la tête un peu inclinée, comme s'il écoutait.

« Tu dois t'habituer à voir d'autres personnes et pour ça aussi c'est une bonne chose que Jeremy vienne. Mais quand il te connaîtra ce sera... ce ne sera plus la même chose, nous deux, tu comprends ? »

Le faucon cligna lentement des yeux. Il semblait véritablement comprendre.

« À part Alexandre le Grand, je n'ai jamais rien eu qui soit vraiment à moi. Je veux dire dont je sois tout à fait responsable, comme toi. Alors, je n'ai pas tellement envie de te partager avec les autres. »

Le garçon et l'oiseau se regardèrent en silence un moment.

« Tu es le plus beau faucon qui ait jamais existé ! J'espère que tu ne te sens jamais triste de ne pas être avec ta famille ? Tu vois parfois passer d'autres faucons dans le ciel, peut-être, quand tu es dehors sur ton perchoir ? Tu sais, ils ne font rien de plus que voler, et attraper des petits serpents et des souris des champs, des trucs comme ça. Toi, tu auras une bien plus belle vie qu'eux ! Quand tu seras dressé, toute cette histoire du comité de vigilance sera sûrement terminée et tu viendras vivre à la maison avec moi. Nous irons chasser tous les jours, tu voleras tant que tu voudras, tu reviendras quand je t'appellerai et on s'amusera bien, tu verras. Tu ne regretteras pas de ne pas être sauvage. »

Le faucon restait parfaitement immobile sur son perchoir, le regardant. Ses yeux étaient froids, durs, impénétrables, et en même temps semblaient rayonner d'intelligence et de compréhension.

« Et tu aimeras bien Jeremy aussi, ajouta Billy. C'est mon ami et il est très gentil. »

Le faucon gonfla un peu ses plumes, rajusta son équilibre, sans quitter Billy des yeux.

« À demain, vieux frère. Sois sage ! »

Billy quitta la cabane en fermant soigneusement la porte. MacGraw revenait de l'enclos du faon, en boitillant légèrement.

« Il est temps que je m'en aille, dit Billy, si je veux rentrer avant qu'il fasse noir.

— Oui. D'après ce que je sais du comité de vigilance, il vaut mieux être chez soi ou hors de vue dès la nuit tombée...

— Ils se tiennent tranquilles depuis quelques jours, depuis qu'ils ont brûlé cette maison l'autre nuit.

— Ils rôdent la nuit, dit sombrement MacGraw. Même s'ils ne font rien, ils rôdent. »

Ils traversèrent la clairière en direction de la forêt toute proche.

« Les choses sont plus calmes en ville maintenant, dit Billy.

— Possible, accorda MacGraw à contrecœur.

— La plupart de ceux qu'ils appellent les voyous et les éléments de désordre ont fichu le camp. Je suis sûr que mon père a raison, mais on dirait quand même que M. Carson et son comité de vigilance ont fait du bon travail.

— Ça se peut, grogna MacGraw, mais je suis du côté de ton père tout de même.

— Il est fort occupé en ce moment, il court de tous côtés pour tenir le shérif au courant, mais il ne *fait* rien.

— Ne parle pas comme ça de ton père ! gronda le vieux solitaire.

— Je ne dis rien de mal. Je veux seulement dire que ce qui se fait, c'est le comité qui le fait. Le shérif Sweeney et P'pa ne font rien, eux.

— Non ! Tout ce qu'ils font, c'est essayer de faire respecter la loi ! aboya MacGraw.

— Pourquoi vous fâchez-vous ? demanda Billy, un peu vexé.

— Parce que je n'aime pas que ces sauvages prennent la loi en main comme si c'était leur affaire ! Ni que les gamins comme toi trouvent que c'est très bien ! Ne critique pas ton père, mon garçon, parce qu'il faut un fameux courage pour faire ce qu'il fait en ce moment et pour oser montrer qu'il n'est pas d'accord avec ses voisins. Un fameux courage, c'est moi qui te le dis ! Tu le comprendras un jour.

— Peut-être..., fit Billy, pas convaincu.

— Sûrement ! affirma MacGraw. Allez, file maintenant, sinon tu seras en retard à la maison. Et amène ton ami demain. »

Billy se lança à toutes jambes sur le flanc de la montagne, coupant tout droit à travers la forêt en direction de chez lui. Il n'avait pas une seconde à perdre s'il voulait arriver avant que l'obscurité soit complète. La tombée de la nuit l'avait déjà surpris une fois ou deux, les jours précédents, et il s'était fait sérieusement enguirlander par ses parents. Il savait que leur anxiété et leur colère étaient en rapport avec le temps pendant lequel il avait été absent. Son père et sa mère savaient qu'il passait tout son temps libre chez MacGraw, mais ne pouvaient s'empêcher d'être inquiets pour lui lors de ses absences.

Tout en galopant à travers les bois et les collines, Billy résolut d'aller le lendemain matin dire à Jeremy qu'il pourrait l'accompagner quand il voudrait. Il se mit à imaginer d'avance tout ce qu'il montrerait et expliquerait à Jeremy à propos du faucon, et à quel point Jeremy serait admiratif et impressionné, comment MacGraw et Jeremy s'entendraient ensemble, et combien il serait agréable d'avoir la compagnie de son ami pendant les longs trajets de retour à la nuit tombante.

Malgré les sombres avertissements de MacGraw, les ennuis semblaient terminés à Springer et dans les environs. Plus personne n'avait été tué, il n'y avait pas eu de pendaison ni de lynchage. Les deux derniers jours avaient été calmes, et son père lui-même commençait à être moins tracassé par la situation qui l'avait obligé à devenir shérif adjoint.

Quand tout serait redevenu normal, se disait Billy, avec le dressage du faucon et avec son nouvel ami MacGraw, il allait certainement passer les plus belles vacances qu'il aurait jamais eues. Enchanté par cette perspective, il se mit à courir encore plus vite. Il ne s'était jamais senti aussi heureux de sa vie.

Tout à coup, un obstacle imprévu et invisible le frappa en travers de la poitrine et l'envoya rouler sur le sol de tout son long.

8

Billy s'écroula lourdement, le souffle coupé par le choc. Crachant la poussière, il roula sur le dos et vit qu'une boucle de corde lui encerclait la poitrine. Il s'assit péniblement et desserra la boucle pour se libérer.

« Touche pas ! » ordonna durement une voix toute proche, et Morrie Carson sortit d'entre les arbres, enroulant sur son bras le lasso avec lequel il avait arrêté et renversé sa victime.

Billy aperçut des chevaux derrière lui : Morrie n'était pas seul. Trois autres garçons se tenaient dans l'ombre des arbres. Billy reconnut Crubble, Zengler et Robertson. Il se rappela que ce dernier accompagnait Morrie Carson lors de leur précédente rencontre.

Morrie s'arrêta à deux pas de Billy, tenant la corde tendue entre eux, et lui adressa un sourire méchant et moqueur :

« Tu semblais bien pressé, Billy ?

— Qu'est-ce que tu me veux ? Retire-moi cette corde !

— Tout de suite, tout de suite, dit doucement Morrie. Dès que tu auras répondu à quelques questions.

— Je n'ai pas à répondre à tes questions ! »

Robertson s'approcha et poussa Billy du bout de sa botte.

« D'où viens-tu ? Que faisais-tu par ici ? »

Billy hésita. Tous les quatre étaient plus grands et plus forts que lui, et plus âgés de plusieurs années. Il était surpris de voir Crubble et Zengler : ils avaient quitté l'école, Billy croyait qu'ils travaillaient, et voilà qu'ils traînaient dans les bois avec ce bon à rien de Carson et son acolyte. Qu'est-ce que tout ça voulait dire ? Billy décida de se montrer prudent et de ne pas prendre le risque de les mettre en colère.

« Je suis allé cueillir des myrtilles dans la forêt, mentit-il.

— Des myrtilles ? En cette saison ?

— Ben oui, c'est un peu tôt... Je suis allé voir, à tout hasard...

— Pas très malin, hein, Billy ? railla Morrie.

— Il faut bien se débrouiller pour trouver à manger, répliqua Billy, quand on a son crédit coupé par des gens comme ton père ! »

Morrie menaça :

« Ne dis pas de mal de mon père, sinon...

— Calme-toi, Morrie, intervint nerveusement Robertson. Tout ce que nous cherchons, c'est à recueillir des renseignements. »

Morrie, rouge de colère, fit passer la corde par-dessus la tête de Billy, en le secouant plus qu'il n'était nécessaire.

« C'est la deuxième fois que nous te rencontrons dans les parages. Que fais-tu tout le temps par ici ? D'où viens-tu ? De chez le vieux fou ?

— Il n'est pas fou ! cria Billy sans réfléchir.

— Ah ! ah ! C'est donc bien de chez lui que tu viens ! C'est ce que je pensais ! triompha Morrie. Que fabriquez-vous ensemble tous les deux ? Est-ce que ton père est au courant ?

— Ce sont mes affaires et ça ne te regarde pas ! De quoi te mêles-tu ? Pour qui te prends-tu ? Et pour commencer, qu'est-ce que vous faites là vous-mêmes, à rôder dans la forêt ?

— Nous travaillons pour le comité de vigilance, dit fièrement Morrie Carson. Nous cherchons des renseignements. Le comité doit savoir tout ce qui se passe. Si quelqu'un recueille un renseignement utile qui permet une arrestation ou l'intervention du comité, il y a une prime de dix dollars pour lui.

— Eh bien, tu as gagné ta prime, se moqua Billy. C'est sûrement utile de savoir que je me promène dans la forêt !

— Attends, petit imbécile ! gronda Morrie en levant le poing. Je vais te...

— Calme-toi, Morrie, geignit Robertson, inquiet.

— Oui, viens, Morrie, dit Zengler. Continuons et allons voir plus loin si nous trouvons quelque chose d'intéressant. Fiche la paix à ce gamin. »

Morrie Carson se releva, hésitant. Évidemment, il aurait aimé continuer de tourmenter Billy. Il tourna autour de lui d'un air insolent.

« Tu feras bien d'être prudent à l'avenir, Billy. Si tu sais ce qui est bon pour toi, ne va plus tourniquer du côté de chez le vieux fou.

— Ah ! non ? souffla Billy, intrigué par la vague menace qu'il devinait dans la voix de son ennemi.

— En ce moment, il vaut mieux ne pas éveiller les soupçons. »

Billy avait cru un instant à une menace directe contre lui et MacGraw, mais il comprit que les paroles de Morrie n'étaient que de vagues rodomontades. Il se sentit un peu rassuré et ne dut donc pas trop se forcer pour dire, d'une voix faussement reconnaissante :

« Merci pour ton conseil... »

Les quatre jeunes espions du comité de vigilance remontèrent en selle et s'éloignèrent au galop en direction de la ville.

Boitillant et traînant un peu la jambe – il s'était tordu une cheville dans sa chute – Billy reprit aussi vite qu'il put le chemin de sa maison.

Comme c'était idiot, se disait-il tout en trottant, ces quatre grands garçons, presque des hommes, qui jouaient au détective et à l'espion ! Ils se prenaient au sérieux et n'étaient que ridicules ! Mais ils étaient aussi plus grands et plus forts que lui, et Morrie pouvait devenir vraiment méchant quand la fantaisie lui en prenait. Si Billy voulait continuer ses visites à MacGraw, il devrait se montrer très prudent et ne pas négliger le danger que représentaient ces quatre jeunes crétins.

Les premières étoiles scintillaient déjà dans le ciel quand Billy rejoignit la route à peu de distance de chez lui. Rex, le chien, l'avait entendu ou flairé de loin et se mit à aboyer alors que Billy était encore à cent mètres de la maison. Une troupe de moineaux effrayés s'envolèrent du bouquet d'arbres derrière le potager. De la bonne nourriture pour le faucon, se dit Billy ; s'il avait eu un filet pour les attraper...

Rex accourut à sa rencontre, toujours aboyant.

« Tais-toi donc, vieil idiot ! » cria Billy.

En entendant sa voix, le chien se mit à se tortiller de joie tout en trottant près de son jeune maître, oreilles et langue pendantes. Ils firent la course pendant les derniers mètres, Rex disparaissant à toutes pattes dans l'obscurité et se plantant sous le porche pour accueillir Billy qui le rejoignit en haletant.

« Ne laisse pas entrer le chien ! » cria sa mère quand il poussa la porte.

Elle était debout devant la cheminée, décrochant de la crémaillère une casserole fumante de haricots et de viande de porc. Malgré sa course, Billy avait un peu froid, juste assez pour que la chaleur et la bonne odeur de la maison soient agréables à retrouver.

« Tu es en retard, dit sévèrement sa mère.

— Oui, M'man », reconnut Billy, penaud.

Elle soupira, lui jeta un regard soucieux, dit finalement :

« Dépêche-toi de te débarbouiller avant de manger.

— Où est P'pa ? demanda Billy tout en pompant de l'eau dans l'évier.

— Il a dû aller en ville. Il sera bientôt rentré, sans doute.

— Encore des ennuis, M'man ?

— Je ne pense pas », dit-elle, d'une voix qui indiquait qu'elle n'en était pas si sûre que ça.

Billy se lava la figure et les bras, empoigna l'essuie-mains.

« Derrière les oreilles aussi !

— Oui, M'man.

— Tu vas manger maintenant, peut-être vaut-il mieux ne pas attendre Papa. J'ai fait du pain, il sera cuit dans un moment.

— Comment ça se fait qu'on ait du pain et des haricots ? demanda Billy. Je croyais que nous n'avions plus ni haricots ni farine.

— Nous avons pu en acheter, M. Carson nous a rendu notre crédit.

— Pourquoi M. Carson a-t-il changé d'avis ? s'étonna Billy.

— Il a dit qu'il ne voulait pas donner l'impression de se venger de Papa parce qu'il n'avait pas les mêmes opinions que lui. M. Carson dit que tout le monde a le droit d'avoir ses idées et de suivre les ordres de sa propre conscience. Ce n'est pas un mauvais homme, Billy, et les autres non plus.

— Bah !... C'est que ça n'a aucune importance pour eux que nous soyons d'accord avec leur comité ou non. Pour ce que ça les gêne !

— Je n'aime pas du tout cette façon de parler, Billy », dit sa mère d'un ton fâché.

Billy décida qu'il était plus prudent de se taire.

Sa mère plaça devant lui une assiette fumante qui répandait un délicieux arôme. C'était étrange de se retrouver en sûreté à la maison, face à un appétissant repas, si peu de temps après avoir failli mourir de peur à cause de Morrie Carson et de sa bande. Les choses changent bien vite parfois, se dit Billy.

« Je suppose que tu es de nouveau allé chez ce vieux bonhomme bizarre ? demanda sa mère.

— Oui, M'man, dit Billy, la bouche pleine de haricots.

— Comment va ton faucon ?

— Il va bien, M'man ! Nous le dressons.

— Oh ? Comment faites-vous ?

— Nous lui apprenons à se tenir tranquille quand on le porte sur le bras, et tout ça.

— Billy, que feras-tu quand ce dressage sera terminé ?

— Ce que je ferai ? répéta Billy sans comprendre.

— Rapporteras-tu le faucon à la maison ?

— Je ne crois pas, non. P'pa a dit qu'il ne voulait pas d'autres animaux ici.

— Tu le laisseras chez le vieux f... chez ton ami ?

— M. MacGraw le gardera avec plaisir si je le lui demande, assura Billy d'un ton de dignité outragée. *Monsieur* MacGraw s'y connaît très bien en animaux. *Monsieur* MacGraw est un très brave homme, gentil, intelligent, patient, qui s'occupe de ses propres affaires et qui ne passe pas son temps à ennuyer les gens dans un magasin, comme certaines personnes le font dans cette ville ! »

La mère de Billy parut se décider à poser une question qui la tracassait depuis longtemps :

« Billy, es-tu certain que ton *monsieur* Mac-Graw est tout à fait... tout à fait comme il faut ?

— Il n'est pas fou, M'man !

— Ce n'est pas ce que je veux dire. Mais... les gens bavardent, Billy. J'ai entendu dire que personne ne sait d'où vient cet homme, ni pourquoi il veut vivre ainsi tout seul. N'est-il pas possible qu'il y ait quelque chose dans son passé, Billy ? Qu'il soit... un criminel ?

— M. MacGraw vit tout seul parce qu'il aime la solitude, répliqua Billy, fâché. Son passé ne regarde que lui ! Et il se conduit très bien envers moi, il est toujours gentil et amical, tu ne dois vraiment pas te faire de souci pour moi, M'man.

— Je m'en fais cependant, soupira-t-elle. Une

maman se fait toujours du souci, Billy. Avec cette enquête... »

Elle se tut brusquement.

« Quelle enquête ? s'inquiéta aussitôt Billy. On fait une enquête sur M. MacGraw ?

— Pas précisément sur lui... Ton père m'a dit que le comité de vigilance avait commencé à se renseigner sur le compte de toute sorte de gens de Springer et des alentours. On dit qu'il y a plus de vingt noms sur leur liste.

— Que cherchent-ils ? Comment s'y prennent-ils ?

— Il semble qu'ils écrivent des lettres un peu partout pour découvrir d'où sont venus les gens, qu'ils interrogent les voisins.

— Oui ! Ils espionnent, comme des commères qui écoutent aux portes et surveillent derrière leurs rideaux ! dit Billy, méprisant.

— Ça ne plaît pas plus à ton père qu'à toi, tu peux en être sûr. Les gens du comité sont décidés à découvrir s'il n'y a pas dans les environs des gens indésirables, comme ils disent.

— M. Carson trouvera sûrement que M. MacGraw est indésirable. Après tout, M. MacGraw n'est pas un client très intéressant pour lui !

— Ce n'est pas la peine de parler ainsi et de te fâcher, Billy. Quoi qu'il arrive, je veux que tu t'efforces de rester poli et que tu dises la vérité.

— Qu'est-ce que tu veux dire : quoi qu'il arrive ? demanda Billy, alarmé. Ils ont appris que je vais chez

M. MacGraw, c'est ça ? Et ils veulent m'interroger à son sujet ? Me demander de l'espionner pour eux, peut-être ?

— C'est pour ça que ton père est allé en ville, Billy : il ne veut pas les laisser te questionner, il ne les laissera pas te tourmenter, tu le sais bien. »

Ainsi, voilà où en étaient les choses ? Billy fixait sa mère, effaré et effrayé. Son père empêcherait les gens du comité de le tourmenter, bon, ce ne serait pas trop difficile, surtout avec son autorité de shérif adjoint. Mais MacGraw ? Pourquoi P'pa désirerait-il le protéger, lui ? Et si le vieux solitaire de la montagne était sur leur liste... Tout comme Morrie Carson, les membres du comité de vigilance devaient commencer à aimer ça, vérifier, contrôler, fourrer leur nez dans les affaires des gens, décider qui était une personne « indésirable ».

MacGraw était sur le point d'avoir de graves ennuis, Billy en était sûr.

9

Les yeux de Jeremy brillaient d'excitation quand Billy le présenta cérémonieusement à son vieil ami.

« Très heureux de te connaître, jeune homme, dit MacGraw en lui serrant la main.

— Moi aussi, m'sieu, bredouilla Jeremy timidement.

— Billy m'a expliqué que tu aimais les animaux, toi aussi ?

— Oh ! oui, m'sieu ! Mais je n'en ai pas autant que lui.

— Et tu aimerais sans doute voir le faucon de Billy, je suis sûr ?

— Oh ! oui, alors !

— Bien. Dans ce cas, je vais aider Billy à sortir le

faucon de sa cabane. Pendant ce temps, si tu veux, tu peux aller voir le faon qui est là-bas dans l'enclos, et, si tu t'approches tout doucement, tu as aussi une chance de pouvoir regarder de tout près le hibou qui est sur le toit de l'autre cabane. D'accord ?

— Oui, m'sieu, dit Jeremy, fou de joie.

— Bien. Venez, maître fauconnier », dit MacGraw en posant son bras sur les épaules de Billy.

Quand ils furent dans la cabane, le faucon les regarda calmement, immobile sur son perchoir.

« Bonjour, vieux frère », dit Billy à voix basse.

Le faucon tourna les yeux vers lui. Billy aurait été prêt à jurer que l'oiseau le reconnaissait.

« Je crois que le mieux, dit MacGraw, est que tu le portes au-dehors pour le placer sur son perchoir. De cette façon, ton ami Jeremy pourra l'admirer à son aise. Ensuite, nous pourrions poursuivre le dressage en lui donnant à manger.

— D'accord », dit Billy, flatté que MacGraw semble lui demander son avis.

Il se sentait un peu anxieux et tendu, comme chaque fois qu'il devait manipuler l'oiseau.

MacGraw lui tendit le gantelet de cuir. Billy le prit et attendit. MacGraw resta là à le regarder. Un moment passa.

« Eh bien ? demanda MacGraw avec un léger sourire.

— J'attends que vous lui mettiez le capuchon.

— Nous allons essayer sans le capuchon, cette fois.

— Mais il y a trop de lumière dehors ! » protesta Billy.

En proposant de sortir le faucon sans capuchon à cette heure de la journée où la lumière était encore vive, MacGraw voulait tenter de lui faire franchir en une fois deux étapes de son dressage : l'exposer à la grande lumière et le faire passer rapidement de l'obscurité de la cabane à la clarté du dehors.

« Il va devenir fou de peur quand je vais le sortir !

— Ça se peut, admit calmement MacGraw. Mais je ne crois pas qu'il aura peur, sauf si *tu* as peur le premier et qu'il le sente. Ce faucon est plus intelligent que tu le crois, Billy, et il apprend vite. Il te connaît. Il ne se conduit pas de la même façon quand tu es ici et quand je suis seul. Il t'aime et il te fait confiance. S'il te voit le sortir en pleine lumière, calmement, sans t'agiter, comme si tu trouvais ça normal et sans danger, il le trouvera normal aussi et ne s'effraiera pas. »

Billy n'osait pas s'y risquer. C'était trop inattendu, trop brusqué.

« Bien entendu, si tu ne veux pas le faire, ne le fais pas, ajouta MacGraw.

— Mais je veux le faire, assura Billy. Je voudrais pouvoir le porter au-dehors et que Jeremy puisse le voir, mais je ne suis pas sûr de pouvoir le faire convenablement. Je n'ose pas essayer.

— Moi, je suis sûr que tu peux le faire.

— Et si le faucon ne...

— Lui aussi peut, Billy. Vous pouvez, tous les deux. Mais il faut que toi, tu le saches et que tu y croies. »

Billy regarda le faucon, puis le vieux visage ridé et sérieux de MacGraw, puis de nouveau le faucon. Il luttait avec lui-même. Il faisait entièrement confiance à MacGraw : celui-ci ne pouvait pas se tromper quand il s'agissait du faucon. Mais il hésitait encore.

« C'est comme tu voudras, dit doucement le vieil homme. Si tu penses qu'il vaut mieux laisser quelques jours de plus au faucon avant d'essayer, ce n'est pas grave. »

Billy comprit que MacGraw lui offrait une possibilité honorable de renoncer, et cela l'aida à se décider.

« Non, allons-y », dit-il.

MacGraw hocha la tête avec satisfaction, comme s'il avait su depuis le début que telle serait la décision de Billy. Celui-ci enfila le gant de cuir et s'approcha lentement du perchoir. Le faucon tourna la tête et le regarda sans ciller. La transpiration perlait sur le front de Billy. Il détacha les lanières du perchoir et les enroula autour de ses doigts.

Le faucon surveilla l'opération avec intérêt, sans un geste. Quand Billy lui présenta son bras ganté de cuir, il y sauta sans hésitation.

« Tu vois, ça va aller tout seul, assura MacGraw. Maintenant, porte-le dehors. Marche lentement, sans le secouer, et ne le regarde pas dans les yeux, rappelle-toi. S'il se met à battre des ailes, ne bouge plus et détourne le visage. Mais je ne crois pas qu'il le fera, sauf s'il perd l'équilibre. »

Billy marcha lentement vers la porte, avec l'oiseau perché sur son bras. Passé la porte, il battit des paupières, aveuglé par la brutale lumière.

Le faucon ne broncha pas.

Jeremy, près de l'enclos du faon, tourna la tête et resta bouche bée, puis poussa un cri de surprise et d'admiration.

« Pas de bruit, fiston, lui ordonna MacGraw à voix basse. Et reste où tu es. »

Jeremy ne bougea pas d'un pouce. Billy se dirigea vers le perchoir, retenant son souffle. Il se sentait gonflé de fierté. Le faucon tourna la tête, regardant autour de lui avec intérêt, mais resta planté solidement sur le bras de son porteur comme s'il n'avait fait que se promener au grand soleil depuis des années. C'était ça, posséder un faucon, pensait Billy avec ravissement. Dans le poids de l'oiseau sur son bras, dans la tension des serres qu'il sentait à travers l'épais gant de cuir, il y avait une communication entre eux, quelque chose qui passait. L'oiseau et lui se comprenaient. Il n'avait pas besoin de regarder son faucon et celui-ci n'avait pas besoin de parler ni d'émettre le moindre signal : ils se connaissaient, ils étaient amis, associés, et tous deux le sentaient.

Billy s'arrêta devant le perchoir, en approchant doucement son bras. Le faucon inspecta le perchoir. Billy tenait le bras immobile, sans s'impatienter ni bousculer l'oiseau. Après un moment de réflexion, le faucon sauta sur le perchoir et s'y installa. Billy déroula les lanières et les attacha rapidement au montant du perchoir.

C'était fini, et c'était réussi.

« Beau travail, mon garçon ! dit fièrement MacGraw en lui donnant une claque amicale sur l'épaule.

— Bon sang, Billy ! souffla Jeremy en s'approchant. C'est... c'était épatant ! Ton faucon est magnifique ! Et tu sais t'y prendre avec lui, dis donc ! »

Billy rayonnait de plaisir et de fierté. MacGraw, bien entendu, faisait comme si rien d'extraordinaire ne s'était passé et se tenait un peu à l'écart, les mains dans les poches, dans une attitude détachée signifiant que Billy n'avait pas le moins du monde besoin de lui pour s'occuper de son faucon. Après avoir laissé Jeremy admirer l'oiseau pendant un moment, il dit :

« C'est une bonne chose pour notre élève qu'il soit bien luné, parce qu'il a une nouvelle leçon à apprendre aujourd'hui.

— Quelle leçon ? » demanda Jeremy plein de curiosité.

Il se tournait vers Billy, évidemment, attendant de lui la réponse, et Billy fit de son mieux pour cacher qu'il n'avait pas la moindre idée de ce que pouvait être cette leçon.

Avant que Billy soit obligé de trahir son ignorance, MacGraw expliqua à Jeremy :

« Billy pense qu'avant tout son faucon a besoin

d'exercice. Il est grand temps qu'il se donne un peu de mouvement. Pas vrai, Billy ?

— Euh, oui, en effet...

— Et nous devons le nourrir, comme d'habitude. Aussi, nous profitons de ses repas pour poursuivre son dressage.

— Je peux regarder ? demanda Jeremy. Ça ne l'effraiera pas si je suis là près de vous ?

— Non, je pense que tu peux rester. »

MacGraw s'éloigna vers sa grotte-maison et en rapporta un rouleau de fine cordelette. Pendant ce temps, Jeremy examinait avec curiosité et étonnement cette étrange habitation et la falaise qui la surplombait. Billy, lui, observait MacGraw et essayait de deviner à quoi allait servir cette cordelette.

Accroupi devant le perchoir, le vieux solitaire attacha les lanières du faucon à deux anneaux fixés au bout du rouleau de corde. De cette façon, cela donnait à l'oiseau la possibilité de se déplacer aussi loin que le permettrait la longueur de la corde, qui semblait avoir au moins une cinquantaine de mètres.

Cela fait, MacGraw demanda à Billy de remettre le gant et de reprendre le faucon sur son bras. Cette fois encore, l'oiseau sauta de lui-même sur le bras offert. Suivi de Billy et portant le rouleau de cordelette, MacGraw s'éloigna vers l'autre bout de la clairière, où s'étendait une pente rocheuse dénudée et érodée par des siècles de pluie et de vent. Le vieil homme examina les lieux, évaluant les distances, puis se planta fermement en un point situé à égale distance de la falaise, des premiers arbres de la forêt et de la zone de buissons entourant les cabanes.

Il déposa le rouleau et s'assura que la fine cordelette n'était pas emmêlée et se déroulerait facilement. Billy se tenait à quelques pas de lui, soutenant de sa main gauche son bras droit sur lequel pesait le faucon. Jeremy était resté en arrière, à distance respectueuse.

« Voilà, tout est prêt », annonça MacGraw.

Il parlait assez haut pour être entendu de Jeremy, comme si c'était à lui qu'il expliquait des choses que Billy savait depuis longtemps.

« Nous allons faire voler le faucon attaché à cette longue ficelle. Ça lui donne de l'exercice et en même temps ça lui apprend qu'il ne peut pas s'envoler en nous plantant là comme bon lui semble. Je tiens le bout de la corde pour qu'il ne se sauve pas avec. Billy, fais-le voler, comme ceci. »

Il tint son bras ployé au coude, parallèle au sol, comme s'il portait le faucon, l'abaissa légèrement puis lui imprima un mouvement vif vers le haut.

« Tu vois, tu l'avertis en abaissant le bras, puis tu le lances.

— Il n'a encore jamais vraiment volé, dit Billy, un peu craintif. Je ne sais pas s'il est prêt. »

MacGraw sourit de toutes ses dents.

« Vaut mieux pour lui qu'il le soit !

— Et s'il ne sait pas voler ?

— Il sait, ne t'en fais pas ! »

Billy avala péniblement sa salive. MacGraw avait toujours eu raison jusqu'à présent. Il fallait bien lui faire confiance cette fois encore.

« Jeremy, dit MacGraw, recule jusque près de la cabane, là-bas. On ne peut pas savoir dans quelle direction il va voler, Il vaut mieux que tu sois hors de son chemin. »

Puis il se tourna vers Billy :

« Quand tu voudras, garçon. »

Billy regarda son faucon. Celui-ci ne semblait pas se douter qu'il était attaché maintenant à une très longue corde et non plus aux quelques décimètres de lanière le liant d'habitude à son perchoir ou au bras qui le portait. Il avait encore beaucoup grandi depuis son arrivée chez MacGraw, il paraissait même un peu gras, et en ce moment il avait l'air assoupi, les yeux à demi fermés.

Billy n'osait pas le lancer. Il se demandait s'il pourrait le faire convenablement et si le faucon serait capable de voler.

« Vas-y, tout ira bien », dit doucement MacGraw.

Billy prit sa respiration et abaissa légèrement le bras. Le faucon ouvrit les yeux et se redressa sur ses pattes. Ses serres agrippèrent plus solidement le bras de Billy à travers le gantelet. Billy abaissa son bras un peu plus en se disant : « Si tu dois voler, au plus haut je te jetterai et plus facile ce sera pour toi. » Il lança le bras en l'air tellement fort que tout son corps l'accompagna en un petit bond.

Le faucon s'éleva tout droit et déploya ses ailes de toute leur envergure, pour la première fois. Elles étaient immenses et Billy sentit sur son visage le souffle de l'air qu'elles déplaçaient. Le faucon commença à retomber puis se rattrapa à mi-hauteur et prit son vol à travers la clairière, droit vers les arbres, battant des ailes avec force et s'élevant légèrement.

Le lent mouvement souple et régulier de ses ailes, sa tête dressée, sa silhouette plus élancée et plus sauvage en vol qu'au repos, bref son faucon en plein vol était la chose la plus belle que Billy ait jamais vue.

Près de lui, MacGraw leva à bout de bras le bout de la fine corde et lui imprima un rapide mouvement de haut en bas et de bas en haut qui envoya une ondu-

lation de la corde en direction du faucon. Elle l'atteignit juste comme l'oiseau allait arriver à bout de corde, au moment où Billy se rendait compte que le choc de la corde se tendant allait le surprendre en plein élan et pouvait être dangereux. Mais l'ondulation avait à la fois raccourci la ligne, lui avait donné du mou et avait envoyé dans les pattes du faucon un premier choc qui le surprit et le ralentit. L'oiseau voleta sur place et se posa sans mal sur le sol, où il resta sans bouger.

Billy était demeuré bouche bée d'admiration pendant tout le vol. Quand il vit son faucon posé sain et sauf, il murmura :

« Mince ! Vous avez vu ça ? Vous avez vu comme il vole bien ? Comme il est grand, et rapide, et... et s'il n'y avait pas eu la corde, il se serait envolé par-dessus les montagnes ! Rien n'aurait pu l'arrêter !

— J'ai vu, j'ai vu », gloussa MacGraw en souriant.

Leurs regards se croisèrent et Billy s'écria :

« Oh ! monsieur MacGraw, il est si beau ! Je n'ai jamais rien vu d'aussi beau !

— Va le chercher, fiston, nous allons recommencer. »

Billy partit au galop vers son faucon, puis se rappela qu'il fallait éviter les mouvements brusques et s'approcha de lui lentement et avec prudence. Mais, s'il avait craint que le faucon soit surexcité par ce premier vol, il avait une fois de plus mal évalué les qualités de son élève : l'oiseau le regarda venir calmement et sauta sur le gant dès que Billy le lui eut présenté.

Billy revint vers MacGraw avec le faucon et le relança en l'air. Cette fois, le grand oiseau vola vers la falaise et atterrit assez maladroitement mais en douceur dans les éboulis. Billy alla le rechercher.

« S'il était un peu plus malin, il volerait en rond, dit-il.

— Il y viendra, assura MacGraw, mais, au début, la plupart des faucons volent ainsi droit devant eux. »

Au troisième vol, le faucon se dirigea de nouveau vers la falaise, au quatrième vers les arbres, et au cinquième il essaya une nouvelle direction et vola vers les cabanes, mais ses ailes ne battaient plus aussi fortement, il volait presque au ras du sol et il s'y posa avant d'avoir été arrêté au bout de sa course par la longueur de la corde.

« Qu'est-ce qu'il a ? s'inquiéta aussitôt Billy.

— Il est gras et paresseux, voilà ce qu'il a ! dit MacGraw en riant. Je crois qu'il en a assez pour aujourd'hui.

— C'est déjà très bien, pour une première fois », dit Billy fièrement, aussi vexé que si c'était lui qu'on avait traité de gros paresseux.

En tout cas, quand il en aurait fini avec le dressage, son faucon ne serait plus gras ni fainéant : il allait devenir le faucon le plus fin, le plus rapide, le plus endurant, le champion du monde des faucons !

Mais l'oiseau n'en avait pas encore terminé avec la leçon du jour. Quand MacGraw lui donna son repas, il ne s'y prit pas comme d'habitude. Pendant que le faucon, fatigué mais affamé, déchirait de ses serres et engloutissait à grands coups de bec un morceau de viande que Billy lui avait jeté, MacGraw en attachait un second morceau à un objet bizarre que Billy n'avait encore jamais vu. C'était un morceau de cuir, roulé sur lui-même, ficelé par une lanière et couvert de plumes de diverses sortes d'oiseaux. Une autre lanière permettait d'y fixer le morceau de viande, et un anneau le rattachait à une solide ficelle.

Quand le faucon eut été replacé sur son perchoir, MacGraw lança le morceau de cuir devant lui sur le sol. Le faucon plongea dessus et MacGraw tira le bout de cuir en donnant de petites secousses à la ficelle pour obliger l'oiseau à le pourchasser à coups de bec. Pendant qu'il déchiquetait le morceau de viande, MacGraw expliqua :

« Tu vois, nous lui apprenons ainsi que sa nourriture ressemble à une proie naturelle couverte de plumes et qu'il doit la poursuivre pour l'attraper. Quand il sera bien habitué à ce leurre – c'est le nom de cette fausse proie de cuir – nous le lancerons en l'air pour lui apprendre à l'attraper au vol, et quand il saura ça, le dressage sera presque terminé. »

MacGraw farfouilla dans ses poches et en sortit un petit objet de bois qu'il tendit à Billy. C'était un sifflet, délicatement taillé dans une branche de pin.

« Tiens, je t'ai fabriqué ça. Essaie-le. »

Billy souffla dans le petit tube de bois et un sifflement strident retentit. Le faucon releva vivement la tête et regarda dans la direction du bruit.

« Il apprendra vite à reconnaître ce bruit et à venir quand tu l'appelles, assura MacGraw. Cet oiseau apprendrait n'importe quoi ! »

Jeremy avait suivi toute la séance de dressage avec des yeux de plus en plus émerveillés et admiratifs. Il s'écria :

« Je ne savais pas qu'on pouvait apprendre tant de choses en si peu de temps à un faucon ! Dites, peut-être que moi aussi je pourrais, je veux dire si je me mettais à chercher après un nid et... et si...

— Pourquoi pas ? dit MacGraw avec bonne humeur. Trouve-toi un faucon et nous verrons. Bon, les enfants, je voudrais que vous m'aidiez à faire un petit travail, et ensuite, si vous avez faim, nous mangerons des biscuits que j'ai préparés ce matin.

— Quel travail ?

— Il s'agirait d'emmener le faon un peu plus bas dans la forêt et de le relâcher.

— Le relâcher ! s'exclamèrent Billy et Jeremy en même temps.

— Oui. Il est temps.

— Mais... mais vous l'avez élevé, monsieur MacGraw ! Vous l'avez soigné ! Il serait mort si vous ne l'aviez pas recueilli et aidé ! Et vous allez le chasser ? Vous ne voulez plus de lui ?

— Si, je veux encore de lui, bougonna MacGraw. Je l'aime bien, ce petit bestiau ! Mais il est temps qu'il retrouve sa liberté, il est peut-être même trop tard. »

Billy ne comprenait pas, voulait protester, demander des explications, mais le visage ferme et résolu de son vieil ami l'en empêcha. Jeremy lui-même, pour qui cependant tout cela était nouveau et inconnu, sentit qu'il se passait quelque chose de pas ordinaire et prit un air sérieux et solennel pour regarder MacGraw en silence, attendant ses indications.

« Ce ne sera pas grand-chose, dit le vieux solitaire, avec une bonne humeur qui sonnait un peu faux. Tout ce que vous aurez à faire sera de vous tenir de chaque côté du faon pour l'empêcher de se sauver dans une direction où il pourrait se blesser les pattes. »

Il entra dans l'enclos. Le faon le regarda de ses

grands yeux marron, avec confiance, sans manifester la moindre crainte, et se laissa approcher et caresser. MacGraw lui passa tendrement un bras autour du cou et le guida vers l'ouverture de l'enclos. Billy se plaça d'un côté du faon et fit signe à Jeremy de se mettre de l'autre côté. Tous trois, dirigeant doucement l'animal, l'entraînèrent vers la forêt.

Courbé vers la tête du faon, MacGraw lui parlait gentiment à l'oreille, pour le calmer :

« Il va falloir que tu essaies de te débrouiller tout seul, maintenant, petit. Tu ne peux pas rester éternellement enfermé comme ça, hein ? Non... Un petit sauvage comme toi ne doit pas rester trop longtemps loin de la forêt et de la liberté. Eh ! Tu deviendrais si apprivoisé que tu ne t'y retrouverais plus dans la nature, mon bonhomme ! Ça n'irait pas, non, ça n'irait pas du tout ! Si je te gardais plus longtemps, tu cesserais d'être une bête sauvage de la nature, tu n'y comprendrais plus rien, il serait trop tard pour apprendre et le premier lynx qui passerait ne ferait qu'une bouchée de toi, mon pauvre ! »

Ils avaient traversé la clairière et suivaient le chemin qui descendait au flanc de la colline, poussant doucement le faon pour l'empêcher de se lancer d'un côté ou de l'autre, où la pente parsemée d'éboulis l'aurait fait trébucher et lui aurait brisé les pattes.

« Et puis, pense un peu, murmurait toujours MacGraw. Ce serait bien beau de rester toujours avec moi, je sais que ça te plairait. Mais s'il m'arrivait quelque chose, hein ? Tu as pensé à ça ? Qu'est-ce que tu deviendrais si Papa MacGraw n'était plus là pour s'occuper de toi ? Tu mourrais de faim, mon beau ! Non, non, il faut retourner à la nature maintenant, tant que tu es encore assez jeune pour apprendre. Oh ! tu me manqueras, tu sais... Sûr, que tu vas me manquer. Mais c'est le mieux pour toi, tu verras. C'est le mieux... »

Ils quittèrent les roches d'éboulis et atteignirent les premiers buissons. Le sol était presque plat, maintenant. À quelques mètres commençait la vraie forêt, dense et sombre. MacGraw s'arrêta et dit doucement :

« Lâchez-le, garçons. »

Billy et Jeremy s'écartèrent.

MacGraw serra une dernière fois le cou du faon dans ses bras, s'écarta à son tour.

« Sauve-toi, petit ! »

Le faon resta sur place, le regardant de ses grands yeux confiants. Il tourna la tête vers la forêt, puis de nouveau vers MacGraw. Il ne voulait pas s'en aller.

« Allons, vieux frère, vas-y ! » dit MacGraw.

Le faon ne bougea toujours pas. MacGraw lui flanqua une claque sur l'arrière-train, fort. Le faon bondit, faisant voler des feuilles mortes et des cailloux. Deux sauts en zigzag, une forme qui s'enfonce entre les arbres, une branchette accrochée au passage qui continue un moment à se balancer – et ce fut tout.

Billy se sentit tout à coup vide et triste, comme si on lui avait arraché un morceau de lui-même. Il scruta le sombre sous-bois. Peut-être le faon était-il là, tout près, immobile, et peut-être était-il déjà à un kilomètre de distance, courant silencieusement sur ses pattes graciles, déjà habitué à sa liberté retrouvée.

Billy éprouvait l'impression d'avoir été dépossédé de quelque chose d'irremplaçable.

Ils revinrent en silence vers le champ au pied de la falaise. Avant l'excitante séance de dressage du faucon, Billy avait eu l'intention de parler à MacGraw de la liste du comité de vigilance et de l'enquête. Il savait qu'il devait prévenir MacGraw, le mettre en garde. Mais il savait maintenant qu'il ne pourrait plus aborder ce sujet aujourd'hui. Plus après le faon...

« Alors, que diriez-vous de quelques biscuits, hein, les enfants ? » demanda soudain le vieil ermite avec bonne humeur.

Il se tapota le ventre.

« Un petit quelque chose à croquer nous ferait à tous du bien, pas vrai ? »

Derrière son sourire, ses yeux étaient pleins de larmes.

10

Le lendemain du jour où Billy avait fait voler son faucon pour la première fois, à l'aube, le shérif Sweeney arriva chez Dan Baker. Sweeney venait de passer toute une semaine à Springer, mais ce jour-là il fallait qu'il se rende au chef-lieu du comté.

« J'espère pouvoir rentrer ce soir, dit-il au père de Billy. J'aimerais que vous passiez la journée en ville pour me remplacer. »

Billy, éveillé par l'arrivée du shérif, écoutait, de sa chambre sous le toit.

« Vous craignez du grabuge ? demanda Dan Baker.

— Non, je ne pense pas. Mais, si vous êtes sur place et que les gens vous voient, ça réduira les risques. Il y a encore quelques mauvais garçons en ville, nos braves citoyens sont toujours aussi excités par leur présence et... on ne sait jamais ce qui peut se passer. Mais je crois que vous n'aurez rien de plus à faire qu'être là et vous montrer. On vous connaît, et l'étoile que vous portez signifie encore quelque chose malgré tout...

— Bon. Je partirai pour la ville dès que j'aurai déjeuné.

— Merci, Dan. À ce soir, j'espère.

— Bonne route, shérif. »

Dan Baker rentra dans la maison et trouva sa femme en train de préparer le café. Billy descendit l'échelle menant de sa chambre dans la cuisine.

« Tu es déjà levé ? s'étonna son père.

— Le cheval du shérif m'a réveillé. Je peux aller en ville avec toi, P'pa ?

— Pour quoi faire ?

— Pour rien, P'pa. J'ai juste envie de t'accompagner.

— Il n'y aura rien de passionnant à voir, tu sais. Je vais probablement rester assis sous le porche de la prison toute la journée.

— Ça ne fait rien, P'pa. J'aimerais bien venir, c'est tout. »

Billy n'avait guère vu son père au cours des semaines précédentes et cette journée passée en sa compagnie lui permettrait peut-être de lui parler du faucon, de MacGraw et de Jeremy, peut-être même de Morrie Carson. Billy avait besoin de parler de tout ça à quelqu'un.

« Je ne te gênerai pas, dit-il à son père.

— Bon, d'accord pour moi, si ta mère est d'accord aussi. »

Le jour se levait à peine quand Billy et son père se mirent en route pour Springer. Les sabots de Molly, la jument, et les roues de la carriole laissaient derrière eux un pâle nuage de poussière. Des alouettes chantaient dans les prés, un lapin traversa le chemin en bondissant.

« Va faire chaud aujourd'hui, remarqua Dan Baker.

— On dirait, P'pa.

— Serait temps qu'il pleuve un peu.

— Oui.

— C'est la fête nationale* dans une semaine. Tu l'attends avec impatience, je suis sûr ?

— Oui, et M'man aussi. Elle a fait un couvre-lit au crochet pour le concours. »

P'pa soupira :

« Oui, je l'ai vu. C'est un très beau travail et qui mérite de gagner le concours, mais il vaut mieux ne pas se faire d'illusion... Certains membres du jury ne voteront pas pour Maman même si son couvre-lit est le meilleur du lot.

---

* Le 4 juillet, anniversaire de la proclamation de l'indépendance des États-Unis. Dans les campagnes, c'est l'occasion de festivités populaires, concours de tartes et de gâteaux, de tricots, de broderies, etc., exécutés par les habitants et jugés par un jury composé de personnalités locales. *N.d.T.*

— Parce que tu es devenu shérif adjoint, tu veux dire ?

— Pour ça, et parce que j'ai refusé de me joindre au comité. »

D'habitude, à une semaine de la fête, Springer était déjà pavoisé de drapeaux, de bannières et de fanions. Mais quand Billy et son père y pénétrèrent, ce matin, ils virent que rien n'avait encore été mis en place, à part une seule et unique bannière tendue en travers de la Grand-Rue et quelques échoppes de marchands.

« Comment ça se fait qu'on n'a encore rien préparé, P'pa ? s'étonna Billy.

— Je n'en sais rien, fils, mais je n'aime pas ça. »

Ils arrivèrent à la prison, qui n'hébergeait aucun prisonnier pour le moment. Elle sentait la poussière et le renfermé. Billy ouvrit les volets et cala la porte avec une chaise pour faire un courant d'air, pendant que son père allumait le poêle, préparait du café et donnait un coup de balai.

« Et maintenant, qu'est-ce qu'on fait, P'pa ?

— Rien, Billy. Rien de toute la journée, avec un peu de chance... »

La ville commençait à s'éveiller. Deux ou trois travailleurs matinaux passèrent devant la prison. Une charrette arriva au magasin de Carson. Le postier ouvrit son bureau. Un tintement d'enclume annonça que le maréchal-ferrant avait commencé sa journée.

Deux hommes sortirent du magasin de Carson à l'autre bout de la rue et se dirigèrent vers la prison.

Leurs pieds soulevaient de petits nuages de poussière. Billy les reconnut de loin à leur allure générale et à leur façon de marcher, un truc qu'il avait appris en observant les animaux à distance. L'un était Carson lui-même, l'autre était un homme du nom de Layden qui tenait un petit magasin de bric-à-brac et de réparations diverses.

Le père de Billy les avait aperçus aussi. Assis dans le fauteuil à bascule du shérif sous le porche de la prison, il attendit sans rien dire.

Carson et Layden arrivèrent au pied du porche et s'arrêtèrent. Carson posa un pied sur la première marche et dit d'un ton bourru :

« Salut !

— Bonjour, monsieur Carson, dit Dan Baker avec une extrême politesse. Bonjour, monsieur Layden. »

Layden, un grand type maigre au regard fuyant, sortit ses mains de ses poches. Elles tremblaient.

« On a cambriolé mon magasin cette nuit, dit-il.

— Votre magasin de bric-à-brac ?

— Oui. Ils étaient deux. Ils ont enfoncé la porte de derrière. Ils sont partis avec une montre et une horloge, presque tous les outils et onze dollars qui étaient dans un tiroir. Voilà. Qu'avez-vous l'intention de faire ?

— Je vais aller immédiatement examiner les lieux, dit P'pa en se levant.

— Examiner les lieux ! À quoi espérez-vous que ça puisse servir ?

— Et qu'avez-vous d'autre à proposer ?

— C'est pour ça que nous sommes venus vous trouver, dit Carson. Nous sommes décidés à collaborer avec vous.

— Voilà une bonne nouvelle...

— Nous savons qui a fait le coup et nous voulons savoir si vous vous chargez d'eux ou si nous devons le faire nous-mêmes.

— Comment savez-vous qui a fait le coup ?

— On les a vus, dit Layden.

— Quelqu'un a vu deux hommes quitter l'hôtel, expliqua Carson. Ils sont revenus peu après avec un sac rempli.

— Où sont-ils en ce moment ?

— À l'hôtel, dans leur chambre. Il semble qu'ils se sont soûlés hier soir, après leur coup. Ils n'ont pas encore bougé ce matin. Leurs chevaux sont toujours à l'écurie. Nous surveillons l'entrée et l'arrière de l'hôtel et nous avons un homme sur le toit en face, qui tient leur fenêtre à l'œil. »

Le visage de Dan Baker se durcit.

« Par "nous", vous voulez dire votre bande, sans doute ?

— Je veux dire le comité de vigilance, de bons citoyens désireux d'aider la loi et de la faire appliquer.

— Jusqu'à présent, vous vous êtes contentés de les tenir à l'œil ?

— Oui. Nous avons pensé qu'il fallait vous laisser une chance de faire votre travail. Mais je vous préviens : nous n'allons pas patienter longtemps. Nous avons déjà manifesté beaucoup de bonne volonté en venant vous trouver et en vous donnant une chance de vous en occuper avant que nous le fassions.

— C'est vraiment très aimable à vous, dit Baker.

— Alors, allez-vous les arrêter, oui ou non ?

— Ça ressemble fort à un ultimatum, il me semble.

— Appelez ça comme vous voulez ! dit Carson avec un geste violent de la main. Je vous donne une chance, Baker. Dieu sait pourquoi ! Si vous n'en voulez pas...

— Le fait que deux hommes sont revenus à leur chambre avec un sac ne prouve pas qu'ils ont commis un cambriolage.

— Et que croyez-vous que le sac contenait ? De l'avoine pour leurs chevaux ? Ou leur argenterie de famille ? Vous rangez-vous de leur côté avant même de les avoir vus ? Ce sont des rôdeurs, des bons à rien, des étrangers tout juste bons à traîner dans la ville en cherchant des ennuis ! »

Carson jeta un regard de dégoût vers l'hôtel, qui était un peu plus loin dans la Grand-Rue.

« Ont-ils causé des ennuis ? demanda Baker.

— Cambrioler le magasin de Layden, ce n'est pas causer des ennuis ? »

P'pa lança un coup d'œil à Billy et parut réfléchir. Son visage semblait fatigué comme au soir d'une longue journée de travail.

« Je vais aller leur parler, décida-t-il.

— Ça ne suffit pas ! Nous voulons qu'ils soient arrêtés, accusés...

— Je vais leur *parler* », répéta fermement Dan Baker.

Carson était rouge de colère. Il se contint à grand-peine et dit :

« Nous allons avec vous.

— Non.

— Baker, nous allons avec vous ou nous y allons seuls !

— Comme vous voudrez. Mais je représente la loi. Je leur parlerai, seul. Vous vous contenterez de regarder et d'attendre.

— Allons-nous discuter ici toute la journée ? s'impatienta Layden.

— Non », dit Baker.

Il entra dans la prison, en ressortit peu après avec un fusil à deux canons. Le fusil était ouvert. Baker enfonça deux cartouches dans les chambres.

« Voilà qui est mieux, approuva Carson en regardant le fusil.

— Je vais leur parler », répéta sèchement P'pa, et il referma le fusil avec un claquement métallique.

La gorge serrée, Billy suivit les trois hommes. Son père le remarqua alors qu'ils avaient parcouru la moitié du chemin.

« Billy, retourne à la prison.

— Oh ! P'pa !

— Bon, viens si tu veux. Mais, quand nous arriverons à l'hôtel, tu resteras où je te dirai. C'est compris ? »

Billy fit oui de la tête. Il savait qu'il valait mieux ne pas discuter quand son père prenait ce ton.

Il ne savait pas ce qui allait se passer, et il ne savait pas même ce qu'il espérait. Il se représentait son père arrêtant les deux voleurs et devenant un héros, ou prouvant que les deux hommes étaient innocents. Il sentait aussi la peur grandir en lui. Il voyait bien que son père était tout seul. Carson et les autres n'étaient pas réellement de son côté. Les deux hommes de l'hôtel pouvaient être capables de tout. Et à la façon dont son père marchait, les épaules courbées comme s'il poussait sa charrue, à ses grosses godasses souillées de terre, à la manière dont il tenait son fusil, on voyait bien qu'il était un fermier, un paysan, et pas un shérif. Il n'était pas fait pour ce genre de travail.

Ils atteignirent l'hôtel. C'était une ancienne grange qu'on avait transformée. Des fenêtres avaient été découpées dans les parois en planches, on avait divisé l'intérieur par un plancher. Un escalier branlant escaladait un des côtés jusqu'au balcon de bois qui longeait la façade.

De l'autre côté de la rue, quatre hommes attendaient. Ils avaient appuyé leurs fusils contre un mur. En examinant les environs, Billy aperçut un autre homme assis sur un chariot, plus bas dans la rue, un fusil en travers des genoux. Billy leva la tête et vit un homme armé sur le toit d'une maison voisine.

« Leur chambre est la première à droite en entrant », dit Carson en pointant du doigt vers la porte du corridor, qui s'ouvrait sur le balcon.

P'pa regarda la rue, la façade de l'hôtel, l'escalier.

« Je vais monter, dit-il.

— Nous y allons aussi, dit Carson.

— *Je* vais monter », répéta sèchement Dan Baker.

Carson le considéra avec étonnement.

« Vous voulez vraiment y aller seul ?

— Oui. »

Carson tripota son fusil, puis haussa les épaules.

« Bon, comme vous voulez. Si vous avez envie de vous faire descendre, c'est vous que ça regarde, après tout... »

Dan Baker lança un dernier regard autour de lui et dit à Billy :

« Toi, tu restes là-bas de l'autre côté de la rue. »

Billy voulut répondre « Oui, P'pa », mais les mots ne sortirent pas de sa gorge. Il regarda son père traverser la rue, éprouver du pied la solidité du vieil escalier de bois, puis le gravir lentement, une marche à la fois. Tout était silencieux dans la rue. On entendait craquer l'escalier.

« Oh ! P'pa, pourquoi faut-il que tu fasses ça ? pensait Billy. Pourquoi ne les laisses-tu pas faire ? Pourquoi faut-il que tu sois si têtu ? »

Il vit son père atteindre le balcon, s'arrêter un moment, puis ouvrir la porte. Il entra.

Carson cria, d'une voix contenue :

« Tenez-vous prêts, vous autres ! »

Aux divers points où ils étaient postés, ses hommes empoignèrent leur fusil. Carson poussa Billy sur le côté, à l'abri d'un mur :

« Reste bien là, toi. »

De l'intérieur de l'hôtel leur parvint une sorte de cri, le bruit de quelque chose qui heurtait un mur ou un plancher.

Un moment de silence s'écoula.

La porte du balcon s'ouvrit brusquement. Un homme bondit au-dehors. Il avait des cheveux roux et n'était vêtu que de longs caleçons. Il avait l'air échevelé et un peu ahuri de quelqu'un qu'on vient d'éveiller en sursaut. Il avait les mains vides, pas d'arme, rien.

Il se lança dans l'escalier, sautant trois marches à la fois.

Au-dessus de lui, un deuxième homme franchit la porte. Celui-là était tout nu.

« Ce sont eux ! cria Carson. Ce sont eux, les gars ! »

L'homme en longs caleçons s'immobilisa en entendant crier. Arrêté à mi-hauteur de l'escalier, il regarda de tous côtés pour découvrir d'où venait la voix.

Sur le toit en face, le guetteur se dressa, son fusil à l'épaule. Une détonation claqua. Longs-Caleçons – Billy se souviendrait toujours de lui sous ce nom – sursauta et fut projeté de dos contre le mur par le choc de la balle.

De partout, les fusils s'étaient mis à tirer. Les détonations se fondaient les unes dans les autres en une pétarade continue. Billy vit l'impact des balles frapper Longs-Caleçons qui dégringolait l'escalier. Il vit l'autre homme, celui qui était tout nu, lever les deux bras au-dessus de sa tête, paralysé de terreur. Il vit son visage éclater quand la première balle le frappa.

Des hommes couraient vers l'hôtel, s'arrêtaient, épaulaient, tiraient. Un voile de fumée bleue flottait dans la rue, accompagné de l'odeur de la poudre. Longs-Caleçons, au pied de l'escalier, s'écroula en paquet sur le sol et continua à rouler, agité de petits sursauts par les balles qui s'enfonçaient dans son corps. Sur le balcon, l'homme tout nu restait debout, comme cloué au mur par l'impact des balles.

Soudain, comme par miracle, ce fut fini. Le silence tomba. Quelqu'un toussa. Quelqu'un actionna le levier de sa carabine et une douille éjectée scintilla dans le soleil. L'homme nu s'écroula en avant, plié en deux sur la barrière du balcon, y resta suspendu un moment, les bras ballants, puis bascula par-dessus et vint s'écraser dans la poussière de la rue, pitoyable tas de viande percé de balles.

Billy se retourna pour regarder Paul Carson.

Carson était immobile, tenant son arme devant lui comme il la tenait avant la fusillade. Il n'avait pas tiré une seule balle. Son visage était d'un gris de cendre, ses lèvres tremblaient.

Dans la rue, quelqu'un dit en riant :

« Y a du boulot pour le croque-mort, les gars !

HOTEL
ALOON

— Avec tout le plomb qu'ils ont dans le corps, cria un autre, il va lui falloir un treuil pour les ramasser ! »

Un éclat de rire secoua tout le groupe.

Carson fixait la rue d'un regard vide. Ses lèvres bougèrent, mais aucun son n'en sortit. Il avait l'air d'un homme assommé par un coup mortel, et qui va s'abattre.

Sur le balcon de l'hôtel, la porte se rouvrit. Le père de Billy sortit en titubant, le visage ensanglanté.

Carson poussa un cri étouffé et traversa la rue en courant pour se porter à son secours.

Billy et Paul Carson regardaient en silence pendant que le médecin pansait le crâne blessé de Dan Baker. Le seul bruit dans le cabinet du médecin était le tic-tac d'une horloge sur la cheminée. À l'extérieur, on entendait le son lointain de voix excitées.

« Écoutez-les ! grinça Carson. Ils font la fête !

— C'est ma faute, dit P'pa. Je me suis approché imprudemment d'eux après être entré dans leur chambre. Ils ont pris peur. C'est le rouquin qui m'a frappé. Avec la lampe, je crois. »

Les yeux de Carson fixaient le vide devant lui.

« Ils font la fête..., répéta-t-il, comme s'il n'arrivait pas à comprendre.

— Et au fait, c'étaient bien eux les voleurs, dit P'pa.

— Quelle différence ça fait-il ? cria Carson avec une grimace, comme s'il souffrait.

— Ma foi, si vous vouliez faire un exemple, pour les autres...

— Je vous en prie, geignit Carson. Ne me parlez pas ainsi, Baker. Je vous en prie... »

Les deux hommes échangèrent un regard. Impitoyablement, Dan Baker demanda :

« Vous savez ce que c'est, maintenant, monsieur Carson, un comité de vigilance ? Vous avez vu comment ça fonctionne ? Comme ça reste organisé ?

— Je pensais agir comme il fallait, pour le bien de tous, dit Carson d'une voix rauque. Il fallait enrayer cette vague de crimes dans la ville. Les cambriolages, les ivrognes dans les rues, les bagarres..., le mauvais exemple... Mon propre fils, Dan, se conduisant comme un voyou, refusant de m'obéir... Je croyais faire ce qu'il fallait... Mais quand je vois ce qui vient de se produire... et ces hommes qui rient, qui font des plaisanteries sur deux cadavres... »

Dan Baker regardait Carson avec de la compassion dans les yeux.

« Vous pensez autrement maintenant, n'est-ce pas ? Peut-être serez-vous décidé à tout arrêter, dans ce cas ?

— Tout arrêter ? Et comment le pourrais-je ?

— N'êtes-vous pas l'organisateur du comité ? Les gens vous écouteront. »

Carson haussa les épaules.

« Ce n'est pas moi qui commande. Je ne sais pas

qui est le chef. Ça peut être l'un, ou l'autre, ou... je ne sais pas... Il n'y a peut-être personne qui commande... »

Le médecin avait terminé son pansement.

« Voilà, Baker, dit-il. Ce n'est rien de grave et ça guérira vite. Il vous restera peut-être une petite cicatrice. »

P'pa toucha doucement le pansement du bout des doigts. Il était pâle.

« Je vous paierai dès que je le pourrai, docteur, dit-il.

— Je paierai, dit Carson.

— Non.

— Je vous dis que je paierai ! Laissez-moi au moins faire ça pour vous, Baker.

— Très bien, monsieur Carson. Je vous remercie beaucoup. »

Carson semblait hagard.

« Je peux au moins faire ça, murmura-t-il. Je ne vois pas ce que je pourrais faire d'autre...

— Peut-être les choses vont-elles se calmer maintenant », dit Dan Baker.

L'autre ne répondit rien. Billy lui-même comprit que son père n'avait dit ça que pour essayer de rasséréner Carson.

Il n'y avait aucune raison pour que les choses se calment.

Têtu comme toujours, le père de Billy retourna à la prison comme s'il ne s'était rien passé. Il réchauffa le café et se rassit sous le porche, son étoile scintillant au soleil. Il ressemblait moins que jamais à un défenseur de la loi et semblait le savoir, et s'en moquer.

Pendant la journée, l'excitation tomba et Springer retrouva son calme habituel.

Dans l'après-midi, le voisin Sled arriva en ville. Il laissa sa charrette devant le magasin de Carson et marcha jusqu'à la prison. Planté devant Dan Baker, il fixa, un moment, ses chaussures avec hésitation, puis releva la tête d'un air de défi.

« J'ai à vous parler, Dan, dit-il.

— Asseyez-vous donc, John, l'invita P'pa poliment.

— C'est à propos de Jeremy. Et de Billy.

— Je vous écoute. »

Sled hésita encore un moment, puis se lança :

« Chacun est libre d'agir comme il le veut, Dan, et ce qu'il fait ne regarde que lui. Mais parfois on est bien obligé de se mêler des affaires des autres, même si on risque d'y perdre un ami.

— C'est à propos du faucon, n'est-ce pas ?

— Oui. J'ai appris que mon garçon est allé hier dans la montagne avec le vôtre. Ils sont allés chez ce vieux fou là-haut !

— Il n'est pas fou ! cria Billy. Et nous ne faisons rien de mal en allant chez lui ! Je dresse mon faucon et Jeremy...

— Tais-toi, Billy, dit son père calmement.

— C'est bien, Billy, de défendre tes amis, reconnut loyalement John Sled. Mais ça ne change rien au fait que je ne veux pas que Jeremy retourne là-bas. Je le lui ai dit, et je suis venu vous le dire. J'espère que Jeremy m'obéira. Je voulais que vous le sachiez pour que Billy ne l'invite plus à l'accompagner.

— Ils n'y sont allés que pour dresser un faucon que Billy a trouvé, comme il vous l'a dit, John. Billy y va presque chaque jour et revient toujours avant la nuit tombée, comme je le lui ai ordonné. Je ne pense pas que vous ayez à craindre des ennuis de la part de Jeremy. Billy et lui sont tous les deux de bons garçons.

— C'est possible, dit Sled avec colère, mais je ne veux plus que Jeremy aille là-bas, un point c'est tout !

— Tu as entendu ce que dit M. Sled, Billy ? demanda Dan Baker toujours aussi calmement.

— Oui, P'pa.

— Jeremy t'a accompagné souvent ?

— C'était la première fois hier.

— Dans ce cas, c'était la dernière. Tu as entendu son père. Si Jeremy veut encore t'accompagner quand même, tu lui diras qu'il ne doit pas.

— Oui, P'pa.

— Si Jeremy me désobéit, dit Sled, je veux que tu le racontes à ton père, Billy, pour qu'il puisse me le répéter.

— Un moment, John, dit P'pa. Je ne désire pas que mon fils dénonce ses amis de cette façon.

— Pourquoi pas ? Si vous voulez aider un voisin à...

— Je demande à Billy de ne plus emmener Jeremy avec lui, mais je ne lui demande pas de cafarder, ni auprès de moi, ni auprès de qui que ce soit d'autre. Ils sont amis, John ! »

Sled semblait déçu et malheureux.

« D'accord, Dan, dit-il à contrecœur. Mais je ne veux plus que Jeremy y aille.

— Je comprends, John.

— Bon. Merci... »

Billy et son père regardèrent leur voisin s'éloigner, traînant ses pieds dans la poussière. Il traversa la rue et entra dans un magasin.

Dan Baker soupira, toucha son pansement et grimaça.

« Pourquoi il ne veut pas, pour Jeremy, P'pa ?

— Je ne sais pas au juste, fils. Sans doute veut-il... protéger Jeremy, lui éviter des ennuis.

— Le protéger ? De M. MacGraw ? Il ne ferait de mal à personne !

— Non, pas le protéger de MacGraw. Vois-tu, Billy, tout homme désire que son fils soit comme lui, pense et agisse comme lui, et qu'il ait une vie meilleure plus tard, qu'il ait moins de soucis et puisse à son tour donner à ses enfants une vie encore meilleure, et ainsi de suite. Peut-être Sled craint-il que Jeremy devienne un bon à rien, un traînard, qu'il finisse par vivre seul comme un vieux fou dans la montagne, et il se fait du souci à ce sujet, naturellement.

— Drôle d'idée de se faire du souci pour ça !

— Les pères se font du souci pour toutes sortes de choses, dit Dan Baker en souriant.

— Tu t'en fais pour moi à propos de ça aussi, P'pa ?

— Évidemment, fiston.

— Je veux dire, tu as peur que je devienne un jour un vieux fou ?

— Ça se pourrait, admit son père en fronçant les sourcils.

— Alors tu me connais bien mal, P'pa !

— Oui... Nous ne nous parlons plus beaucoup,

Billy. Avant, je te connaissais bien. Maintenant, je ne sais plus... »

C'est vrai, pensa Billy avec un petit serrement de cœur. Depuis le début de l'histoire du faucon, qui correspondait plus ou moins au début du comité de vigilance, lui et son père étaient devenus de plus en plus étrangers l'un à l'autre. Lui non plus ne connaissait plus son père, ne le comprenait plus.

Anxieux de parler pour se distraire de la triste impression que cette pensée lui donnait, Billy dit la première chose qui lui vint à l'idée :

« J'espère que Jeremy ne sera pas trop déçu de ne plus pouvoir venir avec moi.

— Et moi, j'espère qu'il obéira à son père. Si Jeremy retourne chez MacGraw malgré l'interdiction de son père, il se pourrait qu'il ne soit pas le seul à en souffrir.

— M. Sled ne ferait rien contre M. MacGraw, hein, P'pa ?

— Je me le demande, soupira Dan Baker. Avec l'esprit qui règne ici depuis quelque temps, je me le demande... »

11

La célébration de la fête nationale, le 4 juillet, fut la plus calme que Springer ait jamais connue.

Sous les bannières et les lampions se déroulèrent les festivités habituelles, le concours du meilleur gâteau et du plus beau travail de tricot ou de broderie, le concours de mangeurs de tartes, les courses en sac, les discours, un concert joué par la fanfare suivi d'un pique-nique au bord de la rivière. La mère de Billy ne remporta pas le prix avec son couvre-lit brodé, mais à part cela tout se déroula comme prévu. Le premier enfant malade d'avoir trop mangé vomit un peu avant midi et le dernier tonneau de bière fut vidé peu après la tombée de la nuit.

Mais il manquait quelque chose à la fête. La joie et

l'entrain semblaient un peu forcés, un peu artificiels. Billy le sentit d'autant mieux qu'il savait que ses parents faisaient effort pour paraître gais, et Jeremy aussi.

Jeremy avait obéi à son père, n'était pas retourné voir le faucon, et son humeur s'en ressentait.

« As-tu dit à M. MacGraw pourquoi je ne viens plus ? demanda-t-il à Billy, pour la dixième fois au moins, pendant la fête.

— Mais oui, je le lui ai expliqué, assura Billy pour la dixième fois également. Il a dit que tu seras toujours le bienvenu plus tard, quand les choses se seront arrangées.

— Si elles s'arrangent un jour..., soupira Jeremy.

— Mais si, tu verras. Tout est calme depuis plusieurs jours, il ne s'est plus rien passé depuis que ces deux types ont été tués. Bientôt ton père se calmera aussi et tu pourras revenir chez M. MacGraw. Nous achèverons de dresser le faucon ensemble. »

Jeremy passait chaque jour chez Billy pour demander comment progressait ce dressage et Billy le tenait au courant en détail.

Le jour approchait où Billy et le faucon devraient aborder la phase capitale du dressage : le vol libre.

Le faucon apprenait rapidement grâce au leurre, le morceau de cuir couvert de plumes. Au début, MacGraw l'avait d'abord habitué à « attaquer » le leurre pour se saisir de la nourriture qui y était attachée. Puis le leurre avait été traîné sur le sol pour obliger le faucon à le poursuivre, et enfin était venu le travail en vol.

Les exercices de vol du faucon – toujours attaché à la longue cordelette – furent combinés avec l'attaque du leurre. MacGraw faisait tournoyer celui-ci en l'air au bout d'une ficelle et Billy lançait le faucon. Dès le premier essai, l'oiseau vira et fonça sur le leurre au lieu de s'envoler droit devant lui comme d'habitude. MacGraw faisait tourner le leurre tantôt plus lentement, tantôt plus vite, ou plus près du sol, ou plus haut, et chaque fois que le faucon l'avait attrapé il recevait un morceau de viande en récompense. Pendant son vol, Billy soufflait dans le sifflet dans l'espoir qu'un jour le faucon réponde à ce signal et revienne vers lui.

Ce travail en commun et les visites quotidiennes de Billy avaient fini par faire du garçon et du vieil homme solitaire deux vrais amis. Mais, à part cette amitié pour Billy, MacGraw semblait se désintéresser totalement des autres habitants de la région et des événements à Springer. Quand Billy lui apprit que le comité de vigilance enquêtait sur le passé de certaines personnes, il se contenta de hausser les épaules d'un air maussade.

« Ils pourraient s'en prendre à vous, on ne sait jamais », dit Billy.

MacGraw, occupé à découper de la viande en minces lanières pour le faucon, ne répondit pas.

« Je veux dire, s'il y a quelque chose dans votre passé qui puisse leur déplaire », insista le garçon.

MacGraw ne dit toujours rien.

« Eh bien ? » demanda Billy.

MacGraw se redressa, tapota son gros ventre, le regarda en souriant.

« Fiston, je vais te dire une bonne chose : il faut toujours faire comme si les gens allaient se conduire avec bon sens.

— Ah ? dit Billy, étonné. Mais les gens ne se conduisent pas toujours avec bon sens, n'est-ce pas ?

— Je sais, soupira MacGraw.

— Et, dans ce cas, que faut-il faire ?

— Il faut s'adapter, mon garçon, et improviser... »

Billy avait déjà essayé trois ou quatre fois de faire admettre à son vieil ami qu'il courait peut-être un danger, et de découvrir quelque chose sur son passé. Mais MacGraw paraissait refuser de comprendre et, quant à son passé, il aurait aussi bien pu ne pas en avoir, ou avoir toujours vécu là dans la montagne parmi les bêtes sauvages.

Un soir, dans la cabane, Billy avait remarqué :

« Vous savez vraiment beaucoup de choses sur les faucons. Il devait y avoir des faucons là où vous êtes né ?

— Il y en avait, oui.

— C'est *où*, que vous êtes né ? »

Silence.

Un autre jour, pendant le dressage :

« Vous croyez qu'on a parfois utilisé des faucons pour porter des messages ?

— Je ne pense pas, non. On peut les dresser à chasser et à rapporter leur proie, mais porter un message c'est une autre histoire.

— Mais on emploie des pigeons pour ça, non ?

— Oui, dans l'armée.

— Vous avez été dans l'armée ? »

Silence.

Un autre jour :

« Qu'est-ce qu'il fait chaud aujourd'hui !

— Tu peux le dire !

— Il faisait aussi chaud que ça là où vous avez grandi ? »

Silence.

Une autre fois encore :

« Je suppose que vous n'avez jamais eu de famille à vous ? »

Pas de réponse.

Il n'y avait tout simplement aucun moyen de forcer MacGraw à révéler quoi que ce soit sur sa vie et son passé. Tracassé par les recherches du comité de vigilance, Billy en venait à imaginer le pire : MacGraw était peut-être recherché pour un crime, ou bien il était vraiment fou par périodes et s'était enfui d'un asile, ou bien il s'était sauvé en abandonnant une femme et six enfants, ou encore il s'était évadé de prison.

Mais toutes ces folles suppositions cadraient mal avec la gentillesse, la douceur et la patience du vieil homme.

Et s'il y avait quelque chose que MacGraw ignorait au sujet des faucons, c'est que cela ne valait pas la peine d'être connu. Il semblait comprendre et deviner le moindre mouvement et la moindre réaction de son élève à plumes. Billy était souvent étonné ou émerveillé par son faucon, son intelligence. MacGraw, jamais.

Un jour, à la fin d'une séance de dressage, Billy, qui était toujours fasciné par le regard fixe et impérieux que le faucon dirigeait vers lui quand il était au repos, remarqua, avec un mélange de fierté et de timidité :

« Monsieur MacGraw, je crois que le faucon m'aime bien.

— C'est évident, assura MacGraw.

— Il vous aime bien aussi, c'est sûr, mais je crois qu'il m'aime vraiment.

— Évidemment, qu'il t'aime, répéta le vieil homme en souriant.

— Est-ce que ça veut dire que je suis vraiment bon, au fond de moi-même, comme vous m'avez expliqué un jour, s'il m'aime et s'il se laisse dresser par moi ?

— Billy, tu es un bon garçon, que ce faucon le sente ou non. »

Billy réfléchit un moment, puis demanda en hésitant :

« Monsieur MacGraw, vous ne vous sentez jamais trop seul ici ?

— Ça m'arrivait parfois, avant tes visites.

— Et si je ne venais plus ?

— Eh bien, je me sentirais de nouveau seul, je suppose.

— Iriez-vous habiter en ville, pour avoir des gens autour de vous ?

— Non, certainement pas !

— Pourquoi aimez-vous vivre ainsi tout seul ?

— Fiston, certains hommes sont comme certains animaux : ils veulent vivre en bande ou en troupeau, et d'autres sont comme d'autres animaux : ils veulent vivre seuls. La nature nous a faits ainsi, et si nous voulons être heureux nous devons vivre tels que nous sommes, selon ce que la nature nous a faits.

— Oui, c'est ce que mon père dit aussi. Mais la plupart des gens n'aiment pas ceux qui vivent à part et tout seuls comme vous.

— Les animaux qui vivent en troupeau, eux non plus, n'aiment pas ceux qui vivent seuls, et s'en méfient.

— Je crois que si on veut vivre en dehors du troupeau on doit essayer d'être le plus fort possible, et de ne pas avoir peur.

— Dis plutôt de contrôler sa peur, fils. C'est impossible de ne pas avoir peur et celui qui prétend n'avoir jamais eu peur est le plus grand menteur que la terre ait porté !

— Vous avez parfois peur, vous, monsieur MacGraw ?

— Moi ? Et comment ! Tous les jours !

— De quoi avez-vous peur ? »

Le vieux solitaire parut réfléchir profondément, tout son visage se couvrit de rides.

« De toutes sortes de choses, dit-il lentement. De me blesser, de souffrir, de mourir. D'être chassé d'ici... J'ai peur que rien ne change jamais, ou que tout change trop vite, de vivre trop longtemps, ou pas assez. D'être mal compris, ou compris trop bien. J'ai peur qu'on me haïsse, ou qu'on m'aime...

— Vous croyez que les gens de Springer vous haïssent ?

— Je ne sais pas, Billy. Qu'en penses-tu, toi ?

— Je ne crois pas qu'ils vous haïssent, mais je crois que certains ont peur de vous.

— C'est possible. De toute façon, je m'en fiche », conclut MacGraw en haussant les épaules, comme chaque fois que Billy lui parlait des habitants de la ville.

Pendant la semaine qui suivit le 4 juillet, Billy alla chaque jour chez son vieil ami et le dressage du faucon avança à grands pas. En ville, tout était redevenu calme. Le shérif Sweeney avait commencé sa campagne électorale et trois autres candidats s'étaient présentés : deux habitants de Springer, tous deux membres du comité de vigilance, et un patron de café de la ville voisine.

Deux nuits avaient été troublées par de lointains incendies qui avaient teinté l'horizon de rouge. Le père de Billy s'était mis en route à cheval et était rentré au matin, la mine farouche et désolée. Les membres du comité avaient identifié tous les gens qui ne leur plaisaient pas et s'étaient occupés d'eux, dit-il, sans autre commentaire, et Billy ne lui posa pas de questions. Il préférait ne pas en apprendre trop long ni en détail sur les agissements du comité.

Un soir, en revenant à la maison, Billy trouva Jeremy qui l'attendait avec impatience et qui l'entraîna aussitôt vers le potager.

« J'ai aussi un faucon maintenant, Billy ! dit Jeremy avec excitation.

— Où ça ? demanda Billy, intéressé. De quelle race ? Un queue-rouge comme le mien ?

— Non, c'est une espèce que je ne connais pas. Il est plus petit que le tien, avec un bec jaune et des yeux jaunes aussi. Je l'ai trouvé dans notre grange. Il est blessé, Billy, il ne peut plus voler. Je l'ai caché dans une caisse près de la rivière.

— Est-ce qu'il va survivre ? Tu pourras le nourrir ?

— Je ne sais pas, souffla Jeremy. Il est très blessé... Tu ne pourrais pas venir avec moi pour l'examiner ?

— Bon, je viendrai après le dîner, ça va ?

— Oui. Merci, Billy. Descends directement à la rivière, ne demande pas après moi à la maison, pour que mon père ne se doute de rien. »

Billy engloutit rapidement son repas puis s'éclipsa et rejoignit Jeremy au fond du ravin où coulait la petite rivière. Le faucon de Jeremy, couché dans une caisse garnie d'un morceau de vieille couverture, était d'une espèce que Billy n'avait jamais vue. Outre son bec et ses yeux jaunes, il avait des plumes jaunes sur les ailes et un plumage blanc sur le corps.

L'oiseau regardait les deux garçons avec crainte, mais sans bouger. Il semblait gravement blessé aux deux ailes et refusait de manger les bouts de viande que lui tendait Jeremy. Celui-ci était fier et heureux de sa trouvaille, mais se faisait beaucoup de souci pour sa santé. Billy lui assura que son faucon irait sans doute mieux après un jour ou deux, mais il n'en était pas si sûr qu'il voulait bien le dire. L'oiseau blessé mourrait rapidement s'il refusait de se nourrir.

Le lendemain, MacGraw ne fut guère encourageant quand Billy lui parla du faucon de Jeremy. D'après la description de Billy, il jugea lui aussi que l'oiseau avait peu de chances de s'en tirer et se demanda avec inquiétude comment Jeremy prendrait la chose si son protégé mourait. MacGraw semblait être tracassé par autre chose encore et pour une fois Billy parvint à le faire parler : de mauvais plaisants étaient venus l'ennuyer une fois de plus la nuit précédente, ils avaient lancé de vieilles boîtes dans son camp et tiré des coups de feu à travers la clairière.

« Pour le plaisir de m'embêter, pas pour me tuer, convint MacGraw, mais une balle perdue ou qui ricoche peut aboutir n'importe où et casser quelque chose ou blesser un des animaux. »

Billy proposa d'en parler à son père, mais MacGraw dit que si les choses se passaient comme les autres fois ses tourmenteurs s'en tiendraient là et ne reviendraient pas avant plusieurs mois.

Au retour, Billy trouva Jeremy qui l'attendait, la mine sombre :

« Il va plus mal, Billy, il s'affaiblit de plus en plus. Il ne s'en tirera pas tout seul, il faut faire quelque chose pour le sauver !

— Si tu essayais de le remettre en liberté ? Il se débrouillera peut-être et se décidera à manger, si nous ne sommes plus là pour l'effrayer. »

Jeremy secoua la tête.

« Je ne peux pas, Billy ! Il ne sait plus voler, il mourra ou sera tué par une bête. Non, il n'y a qu'une seule chose à faire. C'est un risque, mais je le prendrai ! Il faut que tu m'aides, Billy ! Demain !

— Que je t'aide à quoi ? demanda Billy, quoiqu'il eût déjà deviné.

— À porter ce petit faucon chez M. MacGraw. C'est sa seule chance de guérir et de survivre.

— Ton père te rossera s'il l'apprend, le prévint Billy.

— Tu vas le lui dire ?

— Bien sûr que non !

— Alors, tu veux bien m'aider demain ?

— D'accord », dit Billy.

Le lendemain matin, une brume épaisse noyait le paysage. Le ciel laissait pleurer une pluie fine et lente, mais tenace, qui rendait impossible tout travail à l'extérieur. Après avoir bâclé ses petites tâches quotidiennes aussi vite que possible, Billy courut jusque chez les Sled.

« Il n'a toujours rien voulu manger, l'informa Jeremy d'une voix désolée. Il reste couché dans sa caisse sans bouger. Je l'ai bien couvert pour qu'il ne soit pas mouillé, mais il doit avoir froid, et il est si affaibli, Billy ! Il bouge un peu les yeux, c'est tout ce qu'il a encore la force de faire. Il est en train de mourir...

— Eh bien, il ne mourra pas ! assura Billy avec beaucoup plus de confiance qu'il n'en éprouvait. Nous allons le porter à MacGraw, qui saura bien ce qu'il faut faire pour le sauver.

— Quand pouvons-nous y aller, Billy ?

— Tout de suite, si tu veux. »

Jeremy lança un coup d'œil anxieux vers le ravin où était caché son faucon, puis vers sa maison.

« Mon père est là, Billy.

— Bon, écoute, si tu n'oses pas y aller maintenant, je peux porter ton faucon tout seul. J'y suis bien arrivé avec le mien et il était beaucoup plus gros et plus lourd.

— Non ! dit Jeremy en serrant les mâchoires. C'est mon faucon ! J'irai avec toi, tout de suite ! »

Ils se mirent donc en route, chargés de la caisse du faucon. Après dix minutes, ils étaient trempés et ruisselants. Leurs pieds arrachaient au sol de pesants paquets de boue. Jeremy n'arrêtait pas de regarder nerveusement par-dessus son épaule comme s'il craignait que son père l'ait suivi. Billy évita d'augmenter son inquiétude en lui parlant de la mauvaise rencontre qu'ils pouvaient faire si Morrie Carson se trouvait sur leur chemin. Quoique, par un temps pareil, Morrie et ses amis soient probablement restés au chaud à la maison.

Les deux garçons portaient la caisse à tour de rôle et Billy remarqua quelque chose qui lui parut un mauvais signe : quand il lui arrivait de secouer ou d'incliner la caisse, le faucon ne faisait pas le moindre mouvement pour maintenir son équilibre ou manifester sa frayeur.

La marche devint plus facile quand ils atteignirent la forêt, où le sol était moins boueux. Ils escaladèrent bientôt la dernière pente de la montagne, qui menait à la falaise et au camp du vieux solitaire. En pénétrant dans la clairière, ils virent un filet de fumée qui s'élevait du vieux tuyau noirci sortant de la paroi de la maison-grotte.

« Monsieur MacGraw ! » appela Billy, se hâtant vers le but.

Une voix répliqua calmement derrière lui :

« Pas besoin de crier, jeune homme, je suis là. »

Billy se retourna et vit MacGraw qui émergeait des buissons. Une épaisse bâche le recouvrait, pendant de ses épaules jusqu'au sol, son chapeau ruisselait de pluie. Son visage était fatigué et ses yeux rouges, comme s'il n'avait pas dormi de la nuit. Billy comprit aussitôt que le vieil homme avait passé la nuit à l'affût, espérant ainsi surprendre les « visiteurs » qui s'amusaient à venir l'ennuyer.

« Ils sont encore revenus ? »

MacGraw se contenta de hausser les épaules, l'air fâché, puis se tourna vers Jeremy :

« Heureux de te revoir, fiston. Ton père t'a permis d'accompagner Billy ?

— Pas exactement, dit Jeremy en rougissant. Mais j'ai quelque chose, un faucon, que je voulais vous montrer. Il est très malade, monsieur MacGraw, son seul espoir est que vous... C'est-à-dire, si vous vouliez bien... »

Jeremy, bafouillant et suppliant, posa la caisse par terre devant MacGraw. Le vieil ermite parut soudain oublier sa fatigue et redevint aussitôt doux et gentil comme chaque fois qu'un animal avait besoin de ses soins.

« Voyons ton faucon », dit-il en s'agenouillant pour soulever le morceau de couverture qui couvrait la caisse.

Jeremy se pencha par-dessus son épaule pour regarder dans la caisse, poussa un « Oh ! » de surprise et de douleur, et se tourna vers Billy, la mine désespérée. Ses yeux se remplirent lentement de larmes.

MacGraw, à genoux sur le sol mouillé, releva la tête vers les deux garçons.

« J'ai peur qu'il ne soit trop tard pour lui... », dit-il d'une voix pleine de regret.

Il examina l'oiseau de plus près, le manipula avec des gestes doux et ajouta :

« Il a eu un vilain accident, Jeremy. Regarde comme son aile est blessée, et sa tête aussi. Il a dû se cogner à quelque chose en volant. Il était trop mal en point de toute façon pour qu'on puisse le sauver. »

Jeremy ne répondit rien. Il se tenait là, immobile, les larmes roulant le long de ses joues.

« Même s'il avait survécu, il serait resté infirme, il n'aurait jamais pu voler. »

Jeremy fit oui de la tête sans rien dire. MacGraw fronça les sourcils, hésita un moment, puis dit lentement :

« J'ai eu un petit chat – je l'appelais Saba – qui est tombé malade. J'ai fait tout ce que j'ai pu, mais je ne suis pas parvenu à le sauver. Il est enterré là-bas derrière les cabanes, près du chêne. C'est un coin agréable, il y a de l'ombre et on entend le murmure de la rivière. Peut-être que tu aimerais enterrer ton faucon là aussi, Jeremy ? »

Jeremy ouvrit la bouche, la referma comme s'il n'était pas sûr que sa gorge laisse passer les mots, puis dit d'une voix rauque :

« Oui, m'sieu, c'est une bonne idée... »

Billy était désolé pour son ami. La mort de son petit faucon n'aurait pas été un coup aussi dur si Jeremy avait eu d'autres animaux à lui, ou si son père ne lui avait pas défendu de revenir chez MacGraw. Maintenant que Jeremy avait pris un risque terrible en désobéissant, il se retrouvait les mains vides comme avant, avec pour tout résultat sa déception et son chagrin.

Après un moment de silence, MacGraw demanda :

« Veux-tu que nous t'aidions à l'enterrer, Jeremy ?

— Non, je préfère le faire tout seul, m'sieu MacGraw, dit Jeremy en redressant les épaules d'un air résolu.

— Bien. Tu trouveras une bêche dans la cabane. »

Billy sentit soudain un accès de colère se gonfler en lui contre le vieux MacGraw. Pourquoi montrait-il une telle insensibilité, pourquoi était-il si pressé de voir Jeremy enterrer son faucon mort ? Ne pouvait-il le laisser tranquille, ne fût-ce que quelques minutes, au lieu de le bousculer ainsi ?

Jeremy cependant ne réagit pas de la même façon. Il reprit la caisse contenant l'oiseau, se dirigea vers les cabanes d'une allure décidée, et Billy comprit la conduite de MacGraw : quand on éprouve un chagrin comme celui-là, le mieux est de s'occuper, de faire quelque chose, au lieu de pleurnicher, et MacGraw le savait. Ce qui avait semblé de l'insensibilité et de la cruauté à Billy était en fait de la compassion. MacGraw avait gentiment fait ce qu'il fallait pour distraire Jeremy autant que possible de sa douleur.

Se rapprochant de Billy, MacGraw demanda :

« Crois-tu que ton ami risque de plus graves ennuis avec son père s'il reste un moment ici au lieu de rentrer immédiatement chez lui ?

— Non, je ne pense pas. Son père ne sait pas qu'il est ici, personne ne nous a vus.

— Dans ce cas, je crois que nous devrions essayer de le distraire. Puisque tu es là, faisons voler ton faucon et demandons à Jeremy de nous aider. Qu'en penses-tu ?

— D'accord », dit Billy.

Quand Jeremy eut terminé ce qu'il avait à faire et remis la bêche dans la cabane, Billy, MacGraw et le faucon l'attendaient. La pluie avait cessé, la brume s'était levée et la clairière était baignée de soleil. Une légère brise faisait frissonner les plumes du faucon, droit et immobile sur son perchoir.

MacGraw demanda à Jeremy, comme si c'était la chose la plus naturelle du monde :

« Veux-tu nous donner un coup de main pour la séance de dressage ? »

Jeremy regarda Billy, lança un regard d'admiration et d'envie à l'oiseau, et dit :

« Oui, bien sûr. »

Tout était déjà préparé. Le faucon était attaché par ses lanières à la longue cordelette, le leurre et sa corde étaient prêts, Billy avait enfilé son gant de cuir et tenait le sifflet entre ses lèvres. MacGraw choisit un emplacement d'où le faucon pourrait s'envoler sans risquer de rencontrer un obstacle et expliqua :

« Voici comment nous allons faire. Je lancerai le faucon, Billy fera tourner le leurre, Jeremy ira rechercher l'oiseau et le rapportera s'il se pose au lieu d'attaquer le leurre et de le rapporter à Billy comme il devrait le faire. Prêts ? Allons-y ! »

Jeremy courut se poster à l'autre bout de la clairière. Visiblement, sa participation à la séance de dressage lui faisait plaisir et le distrayait de son chagrin. Billy en fut heureux pour lui et en éprouva de la reconnaissance envers MacGraw. Une fois de plus, il était émerveillé par l'intelligence du vieil homme, par son efficacité, sa façon infaillible de toujours comprendre et sentir ce qu'il y avait à faire, que ce soit avec le faucon ou avec Jeremy.

Depuis un moment, l'oiseau s'agitait sur son perchoir, dansait d'une patte sur l'autre : il avait aperçu le leurre et savait ce que cela signifiait. Il se laissa emporter sans quitter du regard le morceau de cuir couvert de plumes.

Billy se mit à faire tournoyer le leurre au bout de sa ficelle. Mais, quand MacGraw lança le faucon en l'air, l'oiseau vola droit devant lui à coups vigoureux de ses ailes sans se soucier de sa « proie » ni des coups de sifflet de Billy et alla se poser sur le sol quand il fut arrivé au bout de sa corde.

« Idiot ! cria Billy, déçu, en laissant le leurre ralentir et retomber.

— Ce n'est rien, il voulait d'abord se donner un peu d'exercice, dit MacGraw en souriant. Au prochain essai, il va sûrement jouer le jeu. Jeremy, veux-tu me le rapporter ? »

Jeremy se dirigeait déjà vers le faucon. Billy lui avait

donné son gant et l'avait aidé à le passer à son avant-bras. Dès que Jeremy présenta son bras au faucon, celui-ci sauta dessus sans hésitation et s'y cramponna. Jeremy rapporta fièrement l'oiseau à MacGraw, puis retourna à son poste.

« Tout va bien se passer cette fois, assura MacGraw. Prêt, Billy ? »

Le garçon fit tournoyer le leurre à bout de bras, allongeant peu à peu la corde.

« Prêt ! »

MacGraw lança le faucon. Une fois de plus, il s'envola droit vers les arbres. Mais, au coup de sifflet de Billy, il vira, parut flotter un moment sur place, posé en l'air sur ses ailes largement déployées, puis changea de direction et fonça sur le leurre. Juste avant de l'atteindre, le faucon modifia le mouvement de ses ailes, les dressant haut et en arrière, redressa le corps, les pattes tendues vers l'avant. Ses serres frappèrent. Billy en sentit le choc dans sa main à travers la corde. Un instant plus tard, le faucon déposa le leurre à ses pieds et replia majestueusement ses ailes.

« Bravo ! Bien joué ! exulta Billy. Tu es un as !

— Il apprend », approuva MacGraw avec satisfaction.

Du bout de la clairière, Jeremy cria :

« Si ç'avait été un vrai oiseau, il n'aurait pas eu la moindre chance d'échapper ! »

Le travail avec le faucon lui faisait oublier son propre oiseau mort. Billy cria à son ami :

« Quand nous aurons fait encore quelques essais, tu pourras prendre ma place, si tu veux. D'accord, monsieur MacGraw ?

« Sûr, Billy.

— Chouette ! » cria Jeremy.

L'essai suivant fut un échec. Le faucon ignora le leurre et les coups de sifflet, vola droit sur les arbres une fois encore et alla se poser sur le sol à quelques mètres des épais buissons qui entouraient la clairière.

« Il est bien capricieux aujourd'hui, remarqua MacGraw en fronçant les sourcils. Je ne l'ai jamais vu se conduire aussi bizarrement. »

Jeremy se dirigea vers le faucon pour le rapporter.

Soudain, les buissons s'écartèrent et deux hommes firent irruption dans la clairière. Jeremy s'arrêta, surpris. Émergeant des buissons, les deux nouveaux venus se redressèrent, jambes écartées, poings sur les hanches, un sourire moqueur aux lèvres, satisfaits de la surprise causée par leur apparition.

C'étaient Morrie Carson et Bobby Robertson, son compagnon habituel.

En un instant, Billy comprit que c'étaient eux qui avaient tourmenté MacGraw les nuits précédentes, que c'était à cause d'eux que le vieil homme avait passé la nuit dans les buissons, sous la pluie. Eux aussi avaient passé la nuit dehors, cela se voyait à leurs chapeaux trempés, au pelage de leurs chevaux que Robertson faisait sortir de sous les arbres. Morrie tenait une carabine en main, lui et son ami portaient tous deux un revolver à la ceinture.

Très content de lui, maître de la situation, avec une lueur mauvaise dans les yeux, Morrie cria à MacGraw :

« Alors, vieux fou, qu'allez-vous faire maintenant ? Appeler au secours ? Envoyer Billy chercher son père le shérif adjoint ?

— Et un fameux adjoint ! se moqua Bobby Robertson. Si les gens du comité n'étaient pas là pour sauver sa peau, on ne parlerait plus de lui depuis longtemps ! »

Ils avaient tous les deux l'air un peu soûls, ce qui les rendait plus dangereux encore que d'habitude.

« Vous feriez mieux de passer votre chemin et de vous en aller », dit MacGraw, avec un calme qui surprit Billy.

Sans s'occuper de lui, Morrie tourna la tête et parut s'apercevoir alors seulement de la présence de Jeremy.

« Tiens ! Tu es là aussi, toi ! Et je sais que ton père t'a défendu de revenir ici ! Oh ! tu vas avoir des ennuis, mon petit ami !

— Ce sont mes affaires », grogna Jeremy, mi-furieux, mi-effrayé.

Pendant tout ce temps, le faucon était resté immobile sur le sol, mais il était visiblement énervé par la présence, si près de lui, de deux personnes auxquelles il n'était pas habitué.

« Vous vous amusez avec cette sale bête ? demanda Morrie.

— Nous le dressons », répliqua Billy.

Morrie se tourna vers Robertson :

« Nous aussi, on pourrait un peu s'amuser avec cette bestiole, qu'en dis-tu ? »

MacGraw s'avança d'un pas et pointa un doigt menaçant vers les deux voyous.

« C'est la dernière fois que je vous le dis : vous êtes chez moi, ici, et vous feriez mieux de filer tant qu'il est encore temps ! »

Morrie se contenta de sourire avec dédain. Son fusil, comme par hasard, était pointé dans la direction de MacGraw, d'une façon plus dangereuse et menaçante que s'il avait visé soigneusement.

Jeremy se dirigea vers le faucon.

« Où vas-tu, toi ? demanda sèchement Robertson.

— Je vais prendre le faucon.

— Non, laisse-le là ! » ordonna Morrie.

MacGraw avança encore d'un pas.

« Moi, je vais le prendre.

— Bougez pas ! cria Morrie en pointant son fusil.

— Pourquoi nous embêtez-vous ? cria Billy. Laissez-nous tranquilles et fichez le camp !

— Fais attention, petit Billy, dit calmement Morrie. Je ne t'aime pas beaucoup et je n'aime pas ce petit paysan – il montra Jeremy – et je n'aime pas *du tout* ce vieux fou !

— Il n'est pas fou et il ne vous a rien fait !

— Je n'aime pas sa façon de vivre tout seul ici, comme si nous n'étions pas assez bons pour lui, et de s'amuser avec toutes ces bêtes au lieu de travailler, comme tout le monde... »

Le faucon, de plus en plus nerveux, ouvrit à demi les ailes et piétina sur place. Morrie le regarda un moment ; il eut un petit rire.

« Quoique nous n'ayons pas à nous en plaindre, hein, Bobby ? Si ce vieux fou ne s'amusait pas à apprivoiser les animaux sauvages, nous n'aurions pas fait un aussi bon souper hier soir !

— Qu'est-ce que vous voulez dire ? demanda MacGraw, intrigué.

— Nous étions à la chasse dans les environs, hier, dit Morrie avec son mauvais sourire. Nous avons rencontré un petit daim et, avant que Bobby ait seulement eu le temps d'épauler et de viser, cette brave petite bête est venue droit vers nous comme si nous étions ses meilleurs amis. Jamais je n'avais vu de gibier aussi facile à abattre ! »

Billy, le cœur serré, tourna les yeux vers MacGraw. Le visage du vieux solitaire était bouleversé. D'une voix étouffée par la colère et le chagrin, il murmura :

« Vous avez tué cette pauvre petite bête...

— Tu vois ? triompha Morrie en se tournant vers Robertson. Je te l'avais dit, que c'était sûrement lui qui l'avait apprivoisée. Une bête de la forêt ne vient pas se jeter ainsi devant ton fusil si elle n'a pas été apprivoisée par quelqu'un. »

Morrie Carson surveillait MacGraw du coin de l'œil. Il était évidemment enchanté par la douleur que lui causait la mort d'un de ses protégés. Il ajouta moqueusement :

« Je ne sais pas avec quoi vous l'aviez nourri, mais je n'ai jamais rien mangé d'aussi bon !

— Salaud ! hurla Billy, fou de rage. Sale type ! Fiche le camp d'ici tout de suite ou mon père te jettera en prison !

— D'accord, Billy, dit Morrie sans se fâcher. Nous allons partir. Mais, avant cela, nous allons un peu nous amuser avec ton horrible oiseau.

— Ne touche pas à mon faucon ! »

Morrie s'avança et se pencha vers l'oiseau, qui s'agita et battit légèrement des ailes, peu habitué à ce qu'on s'approche de lui de cette façon brusque et rapide. Morrie l'empoigna d'une main par les pattes et le souleva comme un vulgaire poulet. Le faucon poussa un cri, ses ailes explosèrent en un battement furieux. Morrie, surpris, laissa tomber son fusil pour tenter de maîtriser le faucon avec son autre main, mais un coup d'aile dans la figure lui fit lâcher prise.

Libéré, le faucon tournoya sur place, étendit les ailes pour retrouver son équilibre, puis prit son vol. Il s'éleva de quelques mètres, pivota, et plongea droit vers son tourmenteur. À la dernière fraction de seconde, il rabattit les ailes en arrière, pointa ses serres vers l'avant et frappa le visage de Morrie. Du sang gicla. Morrie, hurlant, se laissa tomber par terre en se couvrant le visage de ses mains. Des gouttes de sang glissant entre ses doigts étoilèrent la poussière.

Le faucon, décrivant un arc de cercle au ras du sol, vint se poser aux pieds de Billy.

12

MacGraw se précipita vers Morrie Carson qui se roulait par terre en gémissant. Robertson, pâle de frousse, pointa son fusil.

« N'approchez pas !

— Je veux simplement l'aider », dit MacGraw, ignorant la menace de l'arme.

Il s'agenouilla près du blessé et tenta doucement d'écarter les mains dont il se couvrait le visage. Mais Morrie le repoussa furieusement et se remit debout en titubant. Ses yeux étaient intacts, le sang coulait de ses joues lacérées et de son menton. Morrie arracha le foulard qu'il portait autour du cou et le pressa contre ses blessures, tout en criant à Robertson :

« Vite, en ville ! J'ai besoin d'un médecin ! »

Il sauta sur son cheval, le fit tourner. Du sang coulait sur la main qui tenait le foulard. Bouillant de rage, Morrie Carson lança à MacGraw :

« Vous allez avoir de mes nouvelles, vieux cinglé ! Quant à toi, Billy, tu ne perds rien pour attendre ! »

Éperonnant son cheval, il disparut à toute allure dans la forêt. Robertson se dépêcha de monter en selle et de le suivre, abandonnant le fusil de Morrie sur le sol de la clairière.

Paralysé par la violence de cette scène, Billy demeura figé sur place, regardant retomber le nuage de poussière soulevé par le départ des chevaux. Jeremy se baissa pour ramasser le fusil.

« Ils ont oublié ça. Bien fait pour eux ! Il est à vous, maintenant, dit-il en se tournant vers MacGraw.

— Non, dit sèchement le vieil homme. Laisse ça là.

— Mais c'est un bon fusil, il...

— Laisse ça là ! » ordonna MacGraw d'une telle voix que Jeremy laissa retomber le fusil.

Confus et bouleversé, MacGraw regardait autour de lui sans savoir que faire. Il se passa une main dans les cheveux, se tourna vers Billy.

« Je n'ai pas pu voir si ce garçon était gravement blessé. Ton faucon s'est bien défendu, Billy.

— Il a bien fait, et je suis content !

— Oui », soupira MacGraw.

Le faucon s'était calmé et restait sagement aux pieds de Billy comme si rien ne s'était passé. Billy lui présenta son bras et le faucon y sauta immédiatement.

« Il vaut mieux le remettre dans la cabane », dit MacGraw.

Quand ce fut fait, le vieux solitaire et les deux garçons se regardèrent, indécis.

« Ils vont rentrer en ville et ameuter toute la population, dit Billy, qui commençait à entrevoir les conséquences possibles de ce qui venait de se passer.

— Ils n'oseront pas raconter ce qu'ils ont fait ici, dit Jeremy. Morrie s'est conduit comme une brute et un voyou.

— Tu te figures que Morrie va dire la vérité ? Il racontera que mon faucon l'a attaqué sans raison, que c'est une bête dangereuse. Il entraînera les gens à venir ici pour tuer le faucon ! Il faut le cacher, le mettre à l'abri !

— Doucement, doucement, Billy, intervint MacGraw d'une voix apaisante. Ils ne parleront peut-être pas du faucon. S'ils le font, ils devront bien dire où se trouve ce faucon et ce qu'ils étaient venus faire ici. Peut-être en ont-ils honte et ne diront-ils rien. »

Incrédule, Billy regarda le vieux visage ridé de son ami et comprit tout à coup, pour la première fois, une chose étonnante : MacGraw ne connaissait pas les gens aussi bien que lui, Billy, les connaissait. Il lui était impossible de comprendre quelqu'un comme Morrie Carson, de comprendre de quoi un voyou de cette espèce était capable. Était-ce parce que le vieil homme vivait seul et à l'écart de tous depuis si longtemps ? Ou bien était-ce le contraire et vivait-il à l'écart justement parce qu'il était incapable de comprendre les gens et d'admettre leur façon de se conduire, parfois, les uns envers les autres ?

« Ils parleront, soyez-en sûr, affirma Billy. Ils diront ce qu'ils voudront, ils en rajouteront et ils mentiront pour ameuter la population contre le faucon, et contre vous aussi, probablement.

— Billy a raison, dit Jeremy.

— Dans ce cas, vous devez tous les deux rentrer chez vous et raconter à vos parents ce qui s'est vraiment passé, le raconter en ville aussi.

— Et si on ne nous croit pas ? demanda Jeremy.

— On vous croira. Les gens verront bien que vous n'êtes pas des menteurs. »

C'est incroyable, pensa Billy. Le vieil homme se montrait aussi confiant qu'un petit enfant dans la bonne foi et le bon sens des gens – des habitants de Springer, des membres du comité de vigilance ! Et pourtant, ce qu'il proposait était la seule chose à faire, Billy s'en rendait compte. Son père devait être mis au courant, et le shérif aussi. Tous deux représentaient la loi et eux seuls pourraient empêcher Morrie et Robertson – et les autres – de revenir se venger du faucon et de MacGraw.

« Nous allons rentrer, décida Billy. Nous raconterons tout et nous essaierons de savoir ce qui se passe. Si les choses tournent mal, un de nous deux reviendra vous prévenir.

— Bien, approuva MacGraw. Jeremy, tu es sûr que tu raconteras tout à ton père ? »

Jeremy fit la grimace, sa pomme d'Adam monta et descendit le long de son cou.

« Oui, dit-il. Mon père va me rosser, ça, c'est sûr, mais tant pis. J'aime mieux lui dire tout moi-même que d'attendre qu'il l'apprenne par quelqu'un d'autre. »

En arrivant à la maison, la première chose que Billy aperçut fut le cheval du shérif Sweeney attaché devant la porte. Il se dit que c'était un heureux hasard de rencontrer le shérif au moment précis où il avait besoin de lui pour lui raconter ce qui était arrivé chez MacGraw. Mais, dès que Billy fut entré, un coup d'œil au visage de son père et du shérif lui apprit que ce dernier ne se trouvait pas là par hasard : l'histoire était déjà connue en ville et c'est à cause d'elle que Sweeney était là.

« Billy, est-ce que tu reviens de la montagne ? demanda son père.

— Oui, P'pa.

— Tu étais chez le v... chez MacGraw ?

— Oui.

— Alors, si tu nous expliquais exactement ce qui s'est passé là-bas ce matin ?

— C'est bien ce que je voulais faire, P'pa. »

Billy se mit à raconter, aussi fidèlement et brièvement que possible. Assis à la table devant leur tasse de café, les deux hommes écoutaient attentivement et échangeaient de temps à autre des coups d'œil qui devenaient de plus en plus inquiets.

« C'est bien ce que je pensais, grogna Sweeney quand Billy eut terminé. Tu dis qu'ils ont voulu prendre le faucon ?

— Oui. Morrie l'a attrapé par les pattes. Il disait qu'il voulait s'amuser avec.

— Et le faucon s'est défendu, soupira le shérif. Ce jeune voyou a bien cherché ce qui lui est arrivé, et l'a bien mérité. Mais allez dire ça en ville !

— C'est pourtant ce que nous devrions faire, déclara le père de Billy fermement. Nous devons emmener Billy et Jeremy en ville et leur faire raconter leur histoire devant tout le monde.

— Je doute que Sled soit d'accord, dit le shérif.

— Billy, où est Jeremy ?

— Il est rentré à la maison, P'pa.

— Et même s'il vient, Dan, qui nous dit que les gens voudront bien croire ces deux garçons ?

— *Vous* les croyez, répliqua Dan Baker.

— Ce n'est pas la même chose. »

Le shérif vida le fond de sa tasse de café, la reposa sur la table, poussa un nouveau soupir.

« Dan, *moi,* je sais que ce n'est pas la première fois que Morrie Carson et sa bande de voyous font des coups de ce genre. Mais espérez-vous que tout le monde soit prêt à le croire ? Ils diront que nous essayons de discréditer Paul Carson, parce qu'il est le chef du comité de vigilance.

— Il n'est pas le chef, et d'ailleurs pourquoi voudrions-nous le discréditer ? Ça n'a pas de sens !

— Ça n'avait pas de sens non plus quand une bande d'hommes masqués sont venus la nuit incendier la grange des Perkins, ni quand ils ont attaqué les MacBride, des gens de l'Est qui voulaient s'installer sur le terrain qu'ils ont acheté. Paul Carson a nié qu'il s'agissait du comité de vigilance, il a prétendu que c'étaient les bons à rien et les mauvais éléments de la population qui étaient coupables. Mais pourquoi les vagabonds et les ivrognes feraient-ils des choses pareilles, qui ne pouvaient qu'exciter encore plus le comité contre eux-mêmes ? »

Le gros shérif secoua la tête.

« C'est probablement Morrie lui-même et sa clique qui ont accompli ces deux exploits. Je les connais, Dan, et je les tiens à l'œil depuis longtemps. Ce n'est pas d'hier qu'ils se paient du bon temps en tourmentant les gens, mais c'est toujours quelqu'un d'autre qu'on blâme...

— Pourquoi Morrie et les autres de sa bande feraient-ils des choses pareilles ? s'étonna Dan Baker.

— Tout simplement, dit brutalement le shérif, parce que ce sont des voyous et des bons à rien, et ça me suffit comme explication ! Leurs parents les ont toujours gâtés, leur ont toujours passé tous leurs caprices, et voilà le résultat.

— Bon Dieu..., souffla le père de Billy. Ce sont peut-être eux-mêmes et leurs mauvais coups qui ont provoqué la création du comité...

— Vous venez finalement de tout comprendre », soupira le shérif.

Dan Baker réfléchit un moment, demanda :

« Comment a réagi Carson à propos de Morrie et de ses blessures ?

— Calmement, dit Sweeney. Je lui ai parlé. Il ne croit pas l'histoire que Morrie a racontée, il veut découvrir ce qui s'est vraiment passé. Mais surtout il a peur de ce que pourraient faire les autres. Certains ne sont pas disposés à accepter ça aussi calmement que lui. »

Effrayé, Billy demanda timidement :

« Ils ne... ils ne vont rien faire à MacGraw, shérif ?

— Eh ! mon garçon, réfléchis une minute ! Voilà Morrie qui revient, défiguré par un faucon. Ce faucon vit chez un vieux bonhomme bizarre que tout le monde croit fou. Il y a en ville une bande d'excités qui s'attaquent à tous ceux qui ne sont pas à leur goût ou qui vivent autrement que les autres. La suite n'est pas difficile à deviner... »

Le shérif repoussa sa chaise pour se lever.

« Dan, je veux emmener Billy et Jeremy en ville pour qu'ils racontent leur version des faits. D'accord ?

— On peut toujours essayer, dit Dan Baker.

— D'accord, Billy ?

— Oui, m'sieu Sweeney.

— Bon. Allons chercher Jeremy. »

La famille Sled au grand complet semblait les attendre, rangée devant la maison en mottes de terre : John Sled et sa femme, Jeremy et les autres gosses, dont le dernier n'était encore qu'un bébé.

« Je n'aime pas ça », murmura le shérif dès qu'il les aperçut.

Le père Sled avait sa tête des mauvais jours, Billy le vit tout de suite. Il se demanda si c'était à cause de la désobéissance de Jeremy et lança un coup d'œil à son ami, mais Jeremy gardait la tête baissée, l'air penaud.

Sweeney arrêta son cheval à quelques pas de la famille Sled et Dan Baker se rangea à côté de lui. Billy était assis en croupe derrière lui. Tout le monde se regarda en silence pendant un moment. Le père Sled n'invita pas les visiteurs à entrer. Ça se présentait mal, pensa Billy.

Finalement, Sweeney prit la parole :

« Nous avons besoin de l'aide de Jeremy, John.

— C'est bien ce que je pensais, dit Sled, l'air buté.

— Jeremy et Billy doivent venir en ville avec moi. Vous savez ce qui s'est passé : le fils de Carson a été blessé. Si les deux garçons ne viennent pas raconter leur histoire pour rétablir la vérité, cette bande de furieux va vouloir se venger du vieux MacGraw.

— Ça ne me regarde pas, répliqua Sled. Jeremy ne bougera pas d'ici.

— Il faut que vous nous aidiez, John. C'est grave.

— Jeremy ne bougera pas d'ici, s'entêta Sled. Il m'a désobéi, je préfère le tenir à l'œil. Il ne s'éloignera plus avant un bout de temps !

— Il m'accompagnera, je vous le ramènerai d'ici une heure ou deux, insista le shérif.

— Non.

— P'pa, ils vont attaquer M. MacGraw ! dit Jeremy.

— Toi, on ne te demande rien ! grogna son père.

— John, je sais ce que vous ressentez en ce moment, intervint le père de Billy, mais s'il y a moyen d'éviter que...

— Jeremy restera ici, coupa Sled. Et votre garçon

peut rester chez lui désormais en ce qui me concerne, Baker, si vous voyez ce que je veux dire. »

Sweeney, appuyé des deux mains au pommeau de sa selle, redressa son gros corps, regarda fixement John Sled un long moment.

« Vous refusez de nous aider ? demanda-t-il enfin.

— Oui. »

Le shérif soupira, toucha le bord de son chapeau : « Au revoir, madame Sled », et fit faire demi-tour à son cheval. Le père de Billy le suivit sans un mot. Ils revinrent au pas vers la maison des Baker.

« Qu'allez-vous faire, shérif ? demanda P'pa.

— Rentrer en ville et voir... Voir ce qui se passe, ce que je peux faire...

— Et s'ils veulent attaquer ce pauvre vieux ?

— Je les en empêcherai, dit calmement Sweeney.

— Tout seul ?

— Peut-être.

— Je vous aiderai, dit Dan Baker. Vous pouvez compter sur moi. »

Le shérif hocha la tête.

« Ce n'est pas votre boulot, Dan, et ce n'est pas vous que ça regarde.

— J'y suis mêlé. Billy y est mêlé. Vous pouvez compter sur moi, répéta Baker.

— Bon, nous verrons bien... »

Ils étaient arrivés devant chez Billy.

« Rentrez chez vous, dit le shérif. Ouvrez l'œil et soyez prudents. Je ne crois pas qu'ils viendront s'en prendre à Billy et à vous, mais on ne sait jamais... N'importe quoi peut se produire, maintenant. Ne bougez pas de chez vous. Je vous tiendrai au courant. »

Le gros shérif reprit son chemin vers Springer. Il ressemblait moins que jamais à un représentant de la loi.

Dan Baker eut une conversation avec sa femme. Tous deux parlaient à voix basse, en tournant le dos, et Billy comprit que ce qui se disait ne le regardait pas. Il s'en alla dans le potager, inquiet et tourmenté, se demandant comment tout cela allait finir.

Bientôt sa mère apparut et commença à cueillir des légumes pour le repas du soir, puis son père, qui se mit au travail avec sa houe pour désherber le potager. Billy le rejoignit et l'aida sans rien dire, rassemblant les mauvaises herbes en petits tas au fur et à mesure. Ils travaillèrent sans un mot pendant un long moment, puis Dan Baker se redressa pour s'éponger le front et tâta prudemment le pansement qu'il portait toujours à la tête.

« Ça va, P'pa ? demanda Billy.

— Ça va bien, fils. »

Tous deux échangèrent un sourire. Il y avait bien longtemps qu'ils ne s'étaient sentis si proches l'un de l'autre.

« Et toi, ça va ? demanda P'pa. Tu n'as pas faim ? Pourquoi n'irais-tu pas demander à Maman s'il reste un morceau de tarte quelque part ?

— J'aime mieux rester ici avec toi, P'pa. »

Baker posa une main sur l'épaule de son fils, la serra.

« Tu es un bon garçon, Billy. »

Billy sourit, content et un peu gêné. Le père et le fils se remirent au travail.

Un peu plus tard dans la journée, un cavalier apparut sur la route de Springer. Billy et son père n'eurent aucun mal à identifier sa massive silhouette : le shérif revenait apporter les dernières nouvelles :

« Ça va mal, Dan. L'histoire de Morrie et du faucon était déjà assez embêtante, quoique Carson ait essayé de calmer les autres, sans grand succès, je dois dire. Mais il y a du nouveau, et vraiment au moment où on s'en serait bien passé.

— Qu'est-il arrivé ? demanda anxieusement Baker.

— Il semble que le comité ait écrit un peu partout pour vérifier le passé des gens, et quelqu'un a eu l'idée d'écrire à Washington. Vous vous rappelez Hermann qui vivait par ici et qui a été élu député ? Maintenant, il fabrique je ne sais quoi à Washington. Bref, on lui a écrit, il a répondu, j'ai vu sa lettre, et c'est très mauvais.

— Mauvais pour qui ?

— Pour MacGraw.

— Que peut-on savoir de lui à Washington ?

— Ses états de service dans l'armée.

— Qu'est-ce que ça vient faire dans...

— MacGraw est déserteur...

— C'est pas vrai ! cria Billy. Ce n'est pas possible ! M. MacGraw est un brave type et il est courageux !

— Pourtant, c'est vrai, Billy, assura Sweeney en le regardant avec tristesse. J'ai vu la lettre. MacGraw était de notre côté, dans l'armée nordiste, et il se trouvait à Vicksburg*. Je ne sais pas si c'est là que ça s'est produit, mais plus tard il a été considéré comme déserteur et est passé en conseil de guerre. »

Le père de Billy hocha la tête, l'air perplexe :

« La guerre est une vieille histoire, Sweeney. Que MacGraw ait été déserteur ou non...

— Il l'a été, interrompit le shérif. Je suis monté chez MacGraw pour lui en parler.

— Et il l'a reconnu ?

— Plus ou moins. Il n'a pas voulu en parler. Tout ce qu'il m'a dit est qu'il y a une part de vérité là-dedans et que ce sont ses affaires. C'est

* Ville de l'État du Mississippi assiégée par les nordistes pendant la guerre de Sécession. *N.d.T.*

tout. Un vieux dur à cuire, pas facile à faire parler quand il veut se taire... »

Billy approuva de la tête, tout en se demandant ce qu'il fallait croire de cette histoire de désertion.

« Même si c'est vrai, dit son père, ce n'est pas une raison pour que la population s'attaque à lui.

— En temps normal, non, reconnut le shérif. Mais, en ce moment, n'importe quoi peut servir de raison, ou de prétexte.

— Que pensez-vous qu'ils vont faire ? »

Le shérif repoussa son chapeau en arrière, se gratta le crâne, remonta son pantalon sur son gros ventre, puis regarda Dan Baker bien en face.

« Ils vont le chasser du pays, dit-il.

— Nous ne pouvons pas les laisser faire ! Vous savez aussi bien que moi comment se passe ce genre de choses. Ils vont monter en foule chez le pauvre vieux avec des torches, des fusils.

— Oui.

— Ils sont capables de le tuer.

— Oui.

— Qu'allez-vous faire ?

— Et que voulez-vous que je fasse ? dit Sweeney avec colère. Rester éveillé vingt-quatre heures par jour ? Me trouver à dix endroits différents en même temps ? Patrouiller en ville, autour de la ville et dans la montagne, à moi tout seul ?

— Je vous ai dit que je vous aiderais.

— Vous êtes bien le seul, soupira le shérif. Vous

étiez déjà le seul avant, mais je dois compter moins que jamais sur les autres maintenant qu'ils sont tous excités contre ce vieux fou. »

Pour une fois, Billy ne protesta pas en entendant son vieil ami traité de vieux fou. Venant du shérif, et dans les circonstances actuelles, ces mots trahissaient plutôt la pitié et même une certaine sympathie.

« S'ils l'attaquent, ce sera la nuit, poursuivit Sweeney. C'est toujours la nuit que ces gens-là attaquent... Et ce sera probablement cette nuit même. Il faudra surveiller la pente qui monte de la ville vers la montagne.

— J'y serai ce soir, dit le père de Billy.

— Je resterai en ville pour les tenir à l'œil. Je vous donnerai des fusées éclairantes pour que vous puissiez me signaler s'il se passe quelque chose de votre côté. Je vais demander à Carson s'il veut m'aider à monter la garde en ville. Je sais que c'est beaucoup lui demander, mais je crois que cette fois il a vraiment changé d'opinion sur le comité de vigilance.

— Son aide peut être précieuse.

— Même sans cela, je le lui demanderais, dit le shérif. Il mérite qu'on lui donne une chance de se racheter. Quant à vous, Dan, je suis heureux de pouvoir compter sur vous. Quoique, ajouta Sweeney d'un ton pensif, je me demande pourquoi vous le faites ..

— Sans doute, parce que je suis un peu fou, moi aussi, dit le père de Billy en souriant. Et parce qu'il faut bien que quelqu'un le fasse », acheva-t-il sérieusement.

13

Au début de la soirée, la pluie s'était remise à tomber, une bruine légère qui promettait de se transformer en pluie battante à la tombée de la nuit.

Bien au chaud et au sec dans la cuisine, Billy regardait son père se préparer méticuleusement. Après avoir vérifié son fusil et l'avoir chargé, Dan Baker enfila de vieux vêtements de travail épais et chauds, ses meilleures bottes, sa grande cape imperméable.

Debout près de la cheminée, la mère de Billy regardait, elle aussi, le visage torturé d'inquiétude.

« N'oublie pas le cruchon de café que je t'ai préparé », dit-elle.

P'pa s'efforça de sourire pour la remercier.

« Il ne restera pas chaud longtemps, mais ça fera du bien quand même si je suis toute la nuit dehors.

— Toute la nuit ?

— Sans doute. Je resterai en surveillance jusqu'au lever du jour, sauf s'il se passe quelque chose. Et j'espère qu'il ne se passera rien.

— Je l'espère aussi, murmura sa femme en grimaçant un pauvre sourire.

— P'pa ? demanda Billy.

— Oui, fils ?

— Tu es sûr que tu ne veux pas que j'aille avec toi ? »

Il l'avait déjà demandé cinq ou six fois.

« Tout à fait sûr, Billy.

— Je pourrais t'aider.

— Je sais, mais tu resteras ici quand même. »

Son père prit sur la table le cylindre de carton rouge que le shérif lui avait donné et le serra dans son poing.

« J'espère que cette fusée fonctionnera, si j'en ai besoin. Je vais la protéger de la pluie le mieux que je peux. »

Il l'enroula dans une épaisse feuille de papier huilé et fourra le tout à l'intérieur de sa chemise.

« Tu as des allumettes, P'pa ? »

Dan Baker tapota la poche de son pantalon.

« J'en ai, Billy. »

Il pendit le fusil à son épaule, la crosse en l'air pour préserver le canon de la pluie, enfonça son chapeau et se dirigea vers la porte, où il se retourna vers sa femme et Billy :

« Tout ira bien, ne vous inquiétez pas. »

M'man poussa un petit rire sans joie.

« Bien sûr, Dan. Il n'y a aucune raison de s'inquiéter, n'est-ce pas ? »

Dan Baker lui adressa un sourire rassurant, ouvrit la porte et disparut. Une vague de brouillard et de pluie glacée s'engouffra dans la maison avant qu'il ait eu le temps de refermer la porte derrière lui. La mère de Billy resta un moment sans bouger, puis se retourna vers la cheminée, tisonna les braises d'un air distrait et préoccupé. Ensuite, elle alla s'asseoir dans le fauteuil, prit son panier à couture sur ses genoux et regarda Billy.

« Tout ira bien, tu verras. »

Billy fit oui de la tête et se dirigea vers l'échelle qui menait à sa chambre, sous le toit.

« Où vas-tu ? demanda sa mère.

— Je vais voir par la fenêtre de ma chambre si j'aperçois P'pa sur la route. »

En haut, Billy rampa sur sa paillasse pour atteindre la petite fenêtre dans l'angle du toit, mais la nuit était trop noire et la vitre trop couverte de gouttes de pluie pour qu'il distingue quoi que ce soit. Déçu, Billy s'étendit sur son lit et contempla fixement les poutres de la toiture.

Dans les moments de calme entre les coups de vent, il entendait le pétillement du feu en bas, les craquements du fauteuil de sa mère, le crépitement des gouttes sur le toit. Il était dévoré d'inquiétude pour son père, et aussi pour MacGraw et le shérif. Il se disait que c'était bête de la part de son père de n'avoir pas voulu qu'il l'accompagne. Billy connaissait la montagne mieux que personne, il connaissait tous les chemins par où « ils » pourraient arriver.

Billy repassa en mémoire tous les événements de la journée, qui avait été longue. Dire que c'était seulement ce matin qu'il était parti chez MacGraw avec Jeremy et le petit faucon blessé ! Cela semblait dater d'une semaine ! Et la journée n'était pas finie...

Peut-être y avait-il encore moyen, se dit Billy, de rejoindre son père pour l'aider en cas de besoin ? La question était de savoir si sa mère le laisserait aller...

Bien sûr, il y avait la fenêtre. Il était possible de l'ouvrir assez pour se faufiler dehors, et il était également possible de descendre le long du mur. Mais serait-il capable de le faire assez silencieusement pour que M'man n'entende rien ?

D'en bas, sa mère l'appela :

« Billy ?

— Oui, M'man.

— Tu descendras encore ?

— Non, M'man, je vais dormir.

— Bon. Dans ce cas, je peux éteindre la lampe.

— Tu vas dormir aussi ?

— Pas tout de suite. Je vais rester un peu assise près du feu.

— Bonne nuit, M'man.

— Bonne nuit, mon chéri. Et ne t'inquiète pas pour Papa.

— Non, M'man. »

Billy resta couché dans le noir, les yeux ouverts. En bas, il entendait le fauteuil craquer de temps à autre ; puis sa mère marcha un moment dans la pièce, sans doute était-elle nerveuse. Finalement, il l'entendit se préparer à se coucher. Le lit grinça, et tout fut calme et silencieux dans la nuit.

Billy n'avait pas encore décidé si oui ou non il sortirait par la fenêtre pour aller rejoindre son père. D'un côté, il savait qu'il valait mieux obéir et rester à la maison. De l'autre côté, il savait qu'il lui serait impossible de dormir.

Mais, s'il décidait d'y aller, il lui faudrait mettre ses bottes. Pour voir si c'était possible sans faire de bruit, il enfila donc ses bottes. À tout hasard.

Et il lui faudrait son plus gros chandail, et un second pantalon par-dessus celui qu'il portait, s'il parvenait à l'enfiler dans cette chambre minuscule sans passer sa tête à travers le toit. Il essaya. Ça allait.

Il faudrait aussi – s'il se décidait – sa veste et son chapeau, naturellement, par un temps pareil...

Tout habillé, Billy s'assit dans l'obscurité sur sa paillasse. Il valait mieux rester. Non, il valait mieux rejoindre P'pa. Non, il fallait lui obéir.

Non : il fallait être avec lui pour l'aider. Déchiré par sa propre indécision, et plus couvert de vêtements qu'il ne l'avait jamais été, Billy mourait de chaleur. Il décida d'ouvrir la fenêtre pour se donner un peu d'air.

Une minute plus tard, il courait sous la pluie le long de la route.

Billy savait plus ou moins où son père se posterait : quelque part le long de la crête qui surplombait Springer, au bord du petit plateau de l'autre côté duquel commençait vraiment la montagne. Une route longeait cette crête et quelques amoncellements de rochers y fourniraient à la fois un bon poste d'observation et un abri contre le vent. P'pa serait caché dans un de ces amas de rochers.

En quelques instants, la pluie battante et le vent eurent trempé Billy jusqu'aux os et c'est alors seulement qu'il s'avisa que la vraie difficulté ne serait pas de trouver son père, mais de lui faire accepter sa présence et son aide, d'obtenir qu'il ne le renvoie pas à la maison après une bonne fessée.

Or P'pa avait été catégorique : Billy devait rester à la maison, un point c'est tout, et il y avait peu de chances qu'il ait changé d'avis après une heure ou deux.

« J'aurais mieux fait d'y penser plus tôt », se dit Billy.

Il n'en continua pas moins de courir, pataugeant

dans la boue, le souffle coupé par le vent qui se transformait peu à peu en tempête.

« Tant pis, on verra bien ! » se dit-il encore.

Après tout, son ami MacGraw était en danger, et si P'pa s'exposait lui aussi à ce danger, à cette pluie, à ce vent, pour défendre un inconnu, il n'y avait pas de raison que Billy reste au chaud dans son lit, alors qu'il pouvait aider son père *et* son ami.

Et puis zut ! On verrait bien...

Mort de fatigue et de froid, Billy continuait obstinément à mettre un pied devant l'autre. Sa connaissance de la montagne et du chemin à suivre l'avait empêché de s'égarer, mais il ne savait plus très bien où il était ni depuis combien de temps il marchait par ce temps infernal. Tout ce qu'il savait encore, c'est que sa place était près de P'pa, pour l'aider, lui et MacGraw.

« Billy ! »

La voix éclata soudain sur sa droite, tout près de lui. De fortes mains l'empoignèrent aux épaules et Billy aperçut devant lui le visage de son père, ruisselant de pluie. Arraché à son hébétude, Billy vit qu'il avait atteint la crête et dépassé les premiers rochers, sans même s'en rendre compte.

« Qu'est-ce que tu fiches ici ? hurlait son père pardessus les sifflements du vent.

— Je suis venu t'aider, bredouilla le garçon en claquant des dents.

— Tu es fou, Billy ! » cria P'pa – mais d'une voix différente.

Tenant son fils par les épaules, Dan Baker lui fit traverser le chemin boueux et le poussa entre deux rochers.

Dès qu'il fut à l'abri du vent et de la pluie, Billy se sentit mieux. Il examina les lieux autour de lui autant que l'obscurité le lui permettait. Le petit espace entre les deux rochers mesurait à peine un mètre sur deux. P'pa l'avait fermé d'un côté avec une bâche qu'il avait sans doute prise dans la grange en quittant la maison, et qui était assez grande pour former une sorte de toit. Elle claquait dans le vent, mais P'pa l'avait bien fixée et elle empêchait la pluie d'entrer. Vers la route, une autre bâche fermait le quatrième côté, sauf un espace ménagé pour pouvoir observer le chemin. Le sol était trempé et boueux, des gouttes d'eau et des filets de vent glacé s'engouffraient par quelques fissures, mais c'était quand même incomparablement mieux qu'à l'extérieur.

P'pa tourna Billy vers lui. Dans l'obscurité, Billy distinguait à peine la forme de son visage et ne pouvait lire son expression, mais sa voix était fâchée :

« Tu aurais dû rester à la maison, Billy.

— Je voulais t'aider, P'pa ! »

Dan Baker serra les mâchoires. Il parut soupeser le pour et le contre : le danger possible pour son fils s'il le gardait avec lui, ou s'il le renvoyait, dans la pluie et le vent, et le risque qu'il « les » rencontre en cours de route.

« Je peux t'aider à surveiller le chemin, P'pa. On pourra se relayer, proposa timidement Billy.

— Oui, je crois qu'il vaut mieux que tu restes ici, maintenant que tu y es, décida son père. Tiens, entre là et tâche de te réchauffer. »

Il écarta les bras pour soulever sa grande cape.

« Je vais te mouiller, dit Billy.

— Vas-tu faire ce que je te dis ? Pour une fois ? »

Billy obéit. Sous la cape, les vêtements de P'pa étaient trempés, eux aussi, mais son grand corps était dur et solide. Serré contre lui, Billy se sentit au chaud et en sûreté.

Le père de Billy referma la cape autour d'eux, formant comme une petite tente à l'intérieur de l'abri de rocher, et reprit sa faction, accroupi sur le sol mouillé, le visage tourné vers la route. Un éclair éclata dans le ciel, illuminant pour une fraction de seconde le paysage noyé de pluie. Billy tremblait et grelottait, mais sentait la chaleur de son père le pénétrer peu à peu.

Billy le comprenait enfin : son père était brave et courageux, comme il l'avait toujours su – avant que cette histoire de comité de vigilance fasse naître le doute en lui. Une preuve de son courage et de sa bravoure était sa présence ici même en ce moment. Maintenant, enfin, Billy savait quel genre d'homme était son père, de quel bois il était fait, et il s'en sentait fier, rassuré et heureux. Il se serra plus étroitement contre lui.

Du temps passa. La pluie martelait toujours la bâche tendue au-dessus des deux rochers. Les yeux de Billy s'étaient fermés sans qu'il s'en aperçoive.

Avait-il dormi dix minutes, ou une heure, ou plus ? Il n'en savait rien, mais un mouvement de son père le réveilla.

« Ils » arrivaient.

L'aube n'allait plus tarder, le ciel vers l'est virait au gris qui annonce l'approche du jour.

À quelques centaines de mètres plus bas sur la pente de la montagne, une vague lueur était apparue, que Billy distinguait à peine, imprécise derrière le rideau de la pluie. Elle se déplaçait lentement, venant de la gauche, dans leur direction. Après quelques minutes, quand elle se fut rapprochée d'une centaine de mètres,

Billy devina un bloc de formes mouvantes : une troupe de cavaliers. L'un d'eux portait une torche pour éclairer quelque peu le chemin.

Contre lui, son père remua. Il rejeta sa cape, sortit de sa chemise le rouleau de papier contenant la fusée, la déballa. La fusée avait une tige en bois à l'arrière et des ailettes qui dirigeraient son vol une fois que la mèche aurait été allumée. P'pa écarta la bâche de l'abri, planta la tige de la fusée dans le sol à l'extérieur, fouilla ses poches à la recherche de ses allumettes et en frotta une sur une partie sèche du rocher.

L'allumette refusa de s'allumer.

Fronçant les sourcils, Dan Baker la frotta de nouveau. L'allumette laissa sur le roc une trace phosphorescente, mais ne prit pas feu.

Au troisième essai, l'allumette se cassa. P'pa en frotta une autre, puis une troisième, sans résultat. La sueur se mit à couler de son front. Il fouilla nerveusement ses poches, en sortit d'autres allumettes. Aucune ne voulut s'enflammer.

Dan Baker avait pris grand soin de protéger la fusée contre l'humidité, mais avait négligé une autre précaution tout aussi nécessaire : protéger ses allumettes. Dans les poches de ses vêtements trempés, elles s'étaient gorgées de pluie.

« Rien à faire », murmura-t-il en lançant furieusement la dernière allumette loin de lui.

Sur la pente, les cavaliers s'étaient assez rapprochés

maintenant pour former des silhouettes séparées et non plus un bloc compact. Billy en compta sept.

« Ce n'est peut-être pas des gens du comité, chuchota-t-il à l'oreille de son père.

— Et qui serait-ce d'autre ?

— Ils ne vont peut-être pas chez MacGraw ?

— Il n'y a personne d'autre que lui dans la montagne, tu le sais aussi bien que moi. »

Rampant de sous la cape de son père, Billy constata qu'il était toujours aussi mouillé. Son front brûlait de fièvre, ses articulations étaient douloureuses. Mais tout cela attendrait. Il y avait plus urgent pour le moment : la file de cavaliers qui, là-bas, se rapprochaient lentement. Ils allaient passer devant l'abri de rochers dans trois ou quatre minutes.

« Aucun signe de Sweeney ! grogna P'pa entre ses dents. Ils ont dû se glisser hors de la ville sans que le shérif les voie. Et pas moyen de l'avertir, avec cette fichue fusée !

— Je pourrais courir jusqu'à Springer, proposa Billy.

— Pas le temps. Tout serait fini avant que tu y arrives.

— Qu'est-ce que tu vas faire, P'pa ?

— Les arrêter. Ici même.

— Comment ?

— Nous sommes bien cachés. Quand ils seront tout près, je leur crierai de s'arrêter, au nom de la loi, en me nommant. Ils ne pourront pas voir où je suis et ils s'imagineront peut-être que nous sommes plusieurs. »

C'était une manœuvre assez risquée, mais Billy comprit que c'était la seule possible.

« Si tu avais un second fusil, P'pa, je pourrais me glisser de l'autre côté de la route et on les coincerait des deux côtés à la fois.

— Je n'ai pas de second fusil, Billy, et tu as quelque chose de plus important à faire pour le moment.

— Quoi, P'pa ? »

Dan Baker se tourna vers l'arrière de leur abri.

« Tu vas sortir par là et aller prévenir MacGraw.

— Et te laisser ici tout seul ? Non, P'pa ! Je...

— Ne discute pas, Billy ! ordonna son père en l'empoignant par le bras et en le serrant tellement fort que Billy faillit crier. Nous sommes ici pour sauver la peau de MacGraw, si nous le pouvons, et ce que tu peux faire pour cela est de courir le prévenir, et vite !

— Et toi, P'pa ? Que va-t-il t'arriver ?

— Probablement rien, rassure-toi. Après tout, je représente la loi. Ils n'oseront rien me faire. Après cinq minutes de discussion, ils feront demi-tour en voyant que leur coup est raté.

— Alors, pourquoi dois-je aller prév...

— Billy, nom d'un chien, vas-tu faire ce que je te dis ? »

Jamais le garçon n'avait entendu son père parler sur

un tel ton de commandement, jamais il ne lui avait vu ce visage tendu, ce regard dur.

« Oui, P'pa. »

Son père jeta un coup d'œil par l'ouverture de la bâche. Les cavaliers avançaient très lentement, au petit pas, peut-être à cause du terrain rendu boueux et glissant par la pluie, ou peut-être pour n'arriver là où ils allaient qu'avec la première lueur du jour. Ils s'étaient à peine rapprochés.

« Tu te contenteras d'avertir MacGraw, puis tu resteras là-haut à m'attendre, compris ? Je vous rejoindrai aussitôt que les choses se seront arrangées ici.

— D'accord, P'pa.

— Si tu entends des coups de feu, ça voudra dire que je n'ai pas pu leur faire rebrousser chemin. Dans ce cas, il faudra que MacGraw déguerpisse au plus vite et se cache quelque part en attendant que nous ayons rétabli l'ordre.

— Des coups de feu ? cria Billy à mi-voix. P'pa, tu veux dire qu'ils vont te tirer dessus ?

— Pas nécessairement, fils. Mais, s'ils ne s'arrêtent pas quand je le leur ordonnerai, je tirerai quelques coups de fusil au-dessus de leurs têtes en espérant que ça s'entendra jusqu'à Springer et que le bruit fera arriver Sweeney. Ils vont peut-être répliquer et me tirer dessus, mais ils ne sauront pas où je suis, et ces rochers me protègent bien. Maintenant, file ! »

Billy se mit à claquer des dents, et ce n'était pas de

froid cette fois. Il ne voulait pas abandonner son père seul face au danger.

« P'pa...

— File, Billy ! Bonne chance ! »

Dan Baker souleva la bâche à l'arrière de l'abri et poussa Billy au-dehors. Billy rampa pendant quelques mètres, jusqu'aux premiers buissons, se releva à moitié, regarda autour de lui. Les rochers lui cachaient la file de cavaliers, et donc le cachaient à leurs yeux. Il se releva tout à fait et se mit à courir.

« Monsieur MacGraw ! Monsieur MacGraw ! »

Le sommet de la falaise se découpait à peine sur le ciel, qui virait au gris plus pâle de l'aube. Toujours criant, Billy, trempé, ruisselant, essoufflé, traversa la clairière au galop. La porte de la caverne s'ouvrit et le vieux solitaire apparut, à demi vêtu.

« Qu'est-ce qui se passe, fiston ? Que fais-tu ici à...

— Ils arrivent, monsieur MacGraw ! haleta Billy à bout de souffle. Les gens du comité ! Ils sont après vous ! Mon père est là plus bas, il va essayer de les arrêter, mais vous devez vous tenir prêt à vous sauver ! »

MacGraw prit Billy par les épaules, le tint un moment à bout de bras dans ses fortes mains, les yeux dans les yeux. Billy vit son visage se transformer, se durcir, refléter la colère, la contrariété, l'indécision – tout, sauf la peur.

« Tu dis que ton père est là tout seul pour les arrêter ? demanda finalement le vieil homme.

— Oui. Il faut vous préparer, vite !

— Je crois que je ferais mieux de descendre voir ce qui se passe.

— Non ! cria Billy.

— Tu ne veux pas que j'essaie d'aider ton père ? Il est peut-être en danger.

— Monsieur MacGraw, P'pa voulait vous prévenir, vous protéger. Si vous allez vous jeter dans les mains de ces gens qui sont après vous, à quoi ç'aura servi que P'pa fasse tout ça ? »

MacGraw hocha la tête.

« Tu as raison, Billy, dit-il, la mine grave. Qu'est-ce que je dois faire, alors ?

— Vous sauver ! S'ils vous trouvent ici, ils vont tout casser, tout brûler, peut-être même pire.

— Pire ?

— Ils pourraient vous... vous faire du mal. »

Le vieil homme soupira, regarda la forêt, les montagnes au loin de l'autre côté de Springer – comme s'il contemplait le passé, plutôt que le paysage – et poussa un autre profond soupir. Il avait l'air très vieux tout à coup et très fatigué.

« Oui... Après tout ce que vous avez fait pour moi, ton père et toi, c'est la seule chose à faire, me sauver... De toute façon, ils viendront, ils reviendront. La nuit prochaine, ou une autre nuit, n'importe quand...

— Il faudra vous cacher pendant quelques jours, jusqu'à ce que le calme soit revenu.

— Non, Billy. Je vais partir pour de bon.

— Mais tout va s'arranger, monsieur MacGraw. Ils se calmeront.

— Non, Billy. Quitter un endroit, se cacher, et puis revenir..., ce n'est plus la même chose, après... Quand on s'en va, on s'en va pour de bon. »

Billy ne comprenait pas très bien ce raisonnement – mais il comprenait que plus jamais il ne verrait son vieil ami.

« Tu devras t'occuper tout seul de ton faucon maintenant, Billy.

— Je ne pourrai pas, dit Billy, surpris lui-même de la facilité avec laquelle il acceptait cette évidence, et ce qu'elle impliquait.

— Bien sûr que si, tu peux, affirma MacGraw. Son dressage est terminé. Il est prêt à voler librement, il te connaît, il t'aime. Il reviendra toujours vers toi.

— Non, dit Billy, les larmes aux yeux. Je ne peux pas le garder chez moi à la maison, même si P'pa est d'accord. Les gens lui tireraient dessus, parce qu'il a blessé Morrie, ou simplement parce qu'il est beau et fort, et libre... »

MacGraw regarda fixement le garçon pendant un long moment. Il se rendait compte combien Billy avait appris à son contact, et peut-être le regrettait-il, maintenant.

« Il faut vous dépêcher », lui rappela Billy.

MacGraw rentra dans sa caverne.

Billy se dirigea vers la cabane du faucon, décrocha le gantelet de cuir pendu à un clou à côté de la porte et entra. Le faucon remua sur son perchoir. Billy s'approcha lentement, comme il le faisait toujours, et s'agenouilla près du faucon.

« C'est moi, ne t'énerve pas, murmura-t-il. Ce n'est que moi, mon bel oiseau. Viens, je t'emmène dehors. C'est un grand jour pour toi, tu vas voir. »

Il tendit le bras et le faucon y sauta légèrement.

À l'extérieur, la pluie avait finalement cessé. Des nuages bas s'effilochaient au flanc de la montagne, presque au ras du sommet de la falaise. En sentant l'humidité de l'air, le faucon battit des ailes, tourna la tête en tous sens.

« Oui, mon vieux, c'est du sale temps, chuchota Billy, mais ça ne t'empêchera pas de voler. Tu seras content de pouvoir voler, hein ? Voler autant que tu voudras. Pour une fois... »

Il sentait les serres lui piquer le bras à travers le gant, un contact familier maintenant, et que plus jamais il ne sentirait. Ses paupières picotaient. De son bras libre, Billy s'essuya les yeux.

MacGraw reparut sur le seuil de sa caverne. Il portait sur l'épaule un sac de toile gonflé des quelques objets qu'il avait décidé d'emporter. Il aperçut Billy et le faucon, se dirigea vers eux, caressa le dos de l'oiseau avec un doigt, doucement, en disant :

« Vaut mieux employer la plume pour le caresser, mais, pour une fois, ça ne peut pas lui faire de mal...

— C'est tout ce que vous emportez, ce sac ? demanda Billy.

— C'est tout, oui.

— Vous allez vous cacher, ou bien vous partez vraiment ?

— Je pars, Billy.

— Pour de bon ? Pour toujours ?

— Pour toujours.

— Alors, je voudrais vous... »

Billy dut s'interrompre, reprendre son souffle. Il ne parvenait presque pas à parler tant sa gorge serrée lui faisait mal.

« Je voudrais vous remercier de tout ce que vous avez fait pour moi et pour le faucon.

— Il n'y a pas de quoi, fiston. Ça a été un plaisir.

— Maintenant, je vais le remettre en liberté.

— Tu as bien réfléchi, Billy ? Ce n'est peut-être pas vraiment nécessaire.

— Si, monsieur MacGraw. Les gens de la vallée le tueraient, un jour ou l'autre. Je les connais, maintenant... Ils le tueraient. Et puis P'pa ne voulait pas que je le ramène à la maison, et en ce moment je ne sais pas si... s'il est seulement encore vivant, et... et... »

Billy éclata soudain en sanglots. MacGraw lui passa

son bras sur les épaules, le serra contre lui affectueusement en bougonnant :

« Allons, allons, Billy...

— Ça va aller, assura le garçon en serrant les dents et en repoussant son bras. Vous devez partir, maintenant, monsieur MacGraw, vous avez déjà perdu beaucoup de temps, et moi je vais libérer le faucon avant que quelqu'un arrive et essaie peut-être de lui faire du mal. »

MacGraw s'éloigna de quelques pas, gravement.

Billy s'essuya les yeux. Il déroula les lanières qu'il tenait comme d'habitude entortillées autour de son poing, desserra les nœuds pour dégager les pattes du faucon. Machinalement, il fouilla dans sa poche à la recherche du sifflet taillé par MacGraw, puis se rendit compte qu'il n'en aurait pas besoin, pas cette fois, ni plus jamais, et le repoussa au fond de sa poche.

« Tu essaieras de te débrouiller sans moi maintenant, faucon, tu entends ? » murmura-t-il.

Le faucon tourna vers lui son habituel regard fixe et impérieux. Billy abaissa le bras, puis le releva et lança l'oiseau en l'air. Le faucon déploya ses ailes, vola presque au ras du sol pendant quelques mètres et se dirigea droit vers les arbres au bord de la clairière, comme il l'avait souvent fait pendant les séances de dressage. Puis, comme s'il se rappelait la longueur de la corde à laquelle il était attaché d'habitude et le leurre tournoyant en

l'air, il vira, presque sur place, fit demi-tour, glissa vers Billy sur ses ailes étendues, passa près de lui à hauteur de ses épaules en regardant de tous côtés comme s'il cherchait le leurre, décrivit un circuit et revint une deuxième fois vers Billy.

« Vas-y, envole-toi ! cria Billy. Tu n'es pas attaché, idiot ! »

Le faucon pivota au-dessus de lui, perdit de la hauteur et se posa sur le sol, entre Billy et MacGraw.

« Il veut travailler avec le leurre, dit le vieil ermite.

— Non, c'est fini, ça. Stupide oiseau ! Il ne voit même pas qu'il est libre !

— Il n'est pas stupide, Billy, il est dressé, et bien dressé !

— Va-t'en ! » cria Billy en projetant de la poussière d'un coup de pied dans la direction du faucon.

L'oiseau ne bougea pas.

« Fiston, dit MacGraw, je ne sais pas ce que ton faucon va décider de faire, mais moi je m'en vais. »

Billy faisait un tel effort pour contenir son émotion qu'il tourna à peine la tête vers lui. Contrôlant difficilement sa voix, il conseilla :

« Soyez prudent.

— Promis, dit MacGraw.

— Vous m'écrirez ?

— Peut-être. On verra...

— Encore... encore merci pour tout, monsieur MacGraw. »

MacGraw sourit, lui posa un instant la main sur

l'épaule, puis fit demi-tour et s'éloigna. Il passa à côté des cabanes et devant l'entrée de sa grotte-maison sans un regard, s'enfonça dans les buissons le long de la falaise, réapparut un moment plus tard au-dessus des buissons, grimpant en zigzag dans les éboulis.

Le faucon agita les ailes nerveusement et fit quelques pas sur le sol.

« Allons, envole-toi », supplia Billy

Le faucon le regarda. Une telle intelligence brillait dans ses yeux perçants que Billy en eut le cœur serré. Il sentit que le faucon *savait.* Il ne comprenait peut-être pas, mais il savait et sentait qu'il se passait quelque chose d'inhabituel, et il ne quittait pas son maître des yeux, dans l'attente d'un signal, d'une indication, d'un ordre. Jamais il n'avait paru aussi beau, aussi fier, et jamais Billy ne l'avait autant aimé qu'en ce moment. Il ramassa un petit caillou, le lui lança.

« File ! Va-t'en ! »

Alarmé, le faucon prit son vol. À larges battements puissants de ses vastes ailes, il prit de la hauteur, décrivit deux cercles au-dessus de la clairière, fit mine de redescendre vers Billy. Le garçon agita les bras en criant :

« Ouah ! Va-t'en ! Envole-toi ! »

Effrayé et désorienté, le faucon reprit de la hauteur. Plus haut, plus haut, il s'éleva, plus haut qu'il n'avait jamais volé auparavant, montant presque à la verticale. Puis il tourna, se laissa glisser sur ses ailes étendues, la tête inclinée, regardant vers Billy.

Émergeant des arbres à l'autre bout de la clairière, Dan Baker apparut, détournant du faucon l'attention de Billy. Il ne portait plus sa grande cape et ses vêtements dégoulinaient de la pluie recueillie en traversant les buissons du sous-bois.

« J'ai pu les arrêter, dit-il, d'une voix fatiguée mais satisfaite. Ils sont redescendus en ville. Mais je crains qu'ils ne reviennent d'ici pas longtemps, ou la nuit prochaine.

— C'est bien, P'pa. M. MacGraw est parti.

— Parti ? Tout à fait ?

— Oui, pour toujours. »

Billy tendit le bras vers le sommet de la falaise.

« Regarde. »

À la lumière du jour levant, Dan Baker aperçut le vieil homme, tout là-haut au flanc de la montagne. Il avait atteint la crête, sa silhouette se découpa sur le ciel pâle.

Au-dessus de lui, parmi les colonnes de brume qui s'élevaient du sol, planait un grand oiseau.

« Est-ce ton faucon ? demanda Baker.

— Non, P'pa, dit Billy d'une voix étranglée. Non, ce n'est plus mon faucon... »

Le visage de P'pa montra qu'il comprenait. Il serra son fils contre lui.

« Je suis désolé, Billy.

— Moi aussi, P'pa. »

Puis, dans un incontrôlable élan de franchise :

« P'pa, j'ai douté de toi... à cause du comité... jusqu'à cette nuit... »

Et, n'en pouvant plus, Billy s'abandonna enfin à son chagrin, aux larmes, à toute la douleur et la difficulté d'être un garçon en train de devenir un homme.

Seuls, debout au milieu de la clairière au pied de la falaise, Dan Baker et Billy, l'un serrant l'autre très fort

contre lui, se retrouvaient enfin plus proches l'un de l'autre qu'ils ne l'avaient jamais été.

Là-haut, MacGraw avait disparu par-delà la crête de la montagne. Le faucon décrivit une grande courbe dans le ciel, indécis, perdu, et libre. Puis lui aussi disparut derrière la crête, et le ciel fut vide.

C'était fini.

Épilogue

William Baker, jeune avocat plein d'avenir, s'était couché très tard, ayant évoqué les souvenirs de son enfance jusque fort avant dans la nuit.

Le lendemain matin au réveil, il boucla sa valise. L'achat de terrains qu'il était venu négocier serait conclu dans la journée et William Baker reprendrait le train pour le Colorado le même jour.

Les souvenirs évoqués pendant la nuit étaient encore frais dans son esprit. Il pensait souvent à ces événements d'autrefois, qui lui semblaient parfois dater de bien plus longtemps qu'une douzaine d'années.

Il n'avait jamais revu MacGraw ni reçu de nouvelles de lui. Le jour de sa fuite, le comité de vigilance était revenu, plus nombreux, avait démoli et brûlé son camp, les cabanes, la maison dans la grotte, tout. Au cours de cette destruction, un des hommes s'était gravement brûlé le visage. Après cela, la population de Springer avait commencé à réagir contre la vague de violence. Les éléments calmes de la ville avaient marqué un point contre le comité de vigilance le soir où Robertson, le compagnon de Morrie Carson, s'était soûlé au cabaret et avait raconté l'attaque du faucon telle qu'elle s'était réellement passée. À la suite de cet incident, la réélection de Sweeney au poste de shérif n'avait plus rencontré d'opposition, un nouveau shérif adjoint avait été nommé, le calme était peu à peu revenu dans la ville et la région. Cette période trouble de l'histoire de Springer s'était estompée dans les mémoires.

Billy, lui, n'avait pas oublié.

La perte de son faucon et de son ami MacGraw n'avait jamais cessé de le hanter, il y repensait souvent, et il y pensait encore quand il rejoignit dans le couloir de son hôtel le représentant des vendeurs de terrains, Chumley, qui l'avait accompagné la veille pendant sa visite des terres.

Chumley lui serra la main en souriant.

« Il me semble, dit-il, que cet achat de terrains vous tracasse plus que vous ne voulez bien le dire. Vous avez la tête de quelqu'un qui n'a pas beaucoup dormi de la nuit !

— Ce ne sont pas vos terrains qui m'ont tenu

éveillé », dit le jeune avocat, et, tout en déjeunant avec Chumley, il lui raconta brièvement l'histoire de son enfance.

« Eh oui..., reconnut Chumley. Il s'est passé de vilaines choses à cette époque-là... Heureusement, nous sommes devenus un peu plus civilisés depuis ! Et vous n'avez jamais revu ce vieux bonhomme ?

— Jamais. Je voyage beaucoup depuis que je me suis spécialisé dans les négociations de terrains et plus je circule, plus j'ai une chance d'un jour le rencontrer. Mais, jusqu'à présent, je n'ai jamais retrouvé sa trace. D'ailleurs, il doit être bien vieux, aujourd'hui. Il est probablement mort et le faucon aussi.

— Qui sait ? »

Chumley vida sa tasse de café, parut réfléchir un moment.

« Figurez-vous, reprit-il, que par ici aussi nous avons un vieux fou qui vit tout seul dans la montagne, exactement comme celui que vous avez connu autrefois. Je ne devrais pas vous parler de lui, ce serait une coïncidence trop extraordinaire si c'était le même que le vôtre et je risque de vous décevoir.

— Ce ne serait pas la première fois... C'est un vieil homme, dites-vous ?

— Assez vieux, oui. Il vit là-haut, dit Chumley en se penchant vers la fenêtre pour montrer la montagne au loin. Vous voyez cette crête, ce creux un peu à gauche ? C'est de ce côté-là. À cheval, il y a environ deux heures de chemin pour y arriver. Il vit tout seul, il ne s'occupe de personne et personne ne s'occupe de lui. Mais ce serait vraiment trop espérer que ce vieil ermite soit le vôtre, non ? »

Si, ce serait vraiment trop espérer, se disait Baker. Mais une demi-heure plus tard, ayant loué un cheval, il était en route vers la montagne.

Ce n'était pas la première fois, comme il l'avait dit, qu'il partait à la recherche de solitaires vivant dans les montagnes, celui-ci n'était pas le premier qu'on lui signalait. Que risquait-il à aller le voir ? Une déception de plus, c'est tout...

Le temps était beau et chaud, William Baker était heureux de se promener seul à cheval dans les bois et les deux heures de trajet passèrent rapidement. Ayant atteint la crête que Chumley lui avait indiquée, il gagna un plateau au-delà duquel la montagne reprenait, plus abrupte. Un peu la même disposition de terrain que là-bas à Springer autrefois... À quelque distance en avant, Baker aperçut un filet de fumée flottant au-dessus des arbres. Il guida son cheval dans cette direction, sans se presser, laissant sa monture choisir son chemin.

Bientôt il déboucha dans une clairière. Une cabane en rondins y était construite, flanquée d'un appentis. La cheminée fumait. Baker s'approcha, descendit de cheval. Il n'y avait personne en vue, pas un bruit. Il appela :

« Hello ! Il y a quelqu'un ? »

Après un moment, la porte de la cabane s'ouvrit.

L'homme qui apparut sur le seuil était grand, âgé, avec une longue barbe presque blanche, de longs cheveux blancs qui lui pendaient sur les épaules. Une généreuse bedaine tendait sa chemise de flanelle rouge. Il n'y avait pas à s'y tromper.

« MacGraw ! » s'exclama William Baker, n'osant pas y croire.

Le vieil homme plissa les yeux pour mieux le dévisager.

« Quoi ? Qui êtes-vous ? Comment connaissez-vous mon nom ? Qu'est-ce que vous me voulez ?

— Je suis... Billy, dit Baker. Vous ne vous souvenez pas ? Billy Baker ? Je vous ai connu dans le temps, à Springer, dans le Colorado. Nous avons dressé un faucon ensemble.

— Billy ? »

Muet d'étonnement, le vieux MacGraw le fixa un moment sans bouger. Puis, en trois pas rapides, il fut sur lui, l'empoigna dans ses bras et le serra chaleureusement contre lui.

Après les premiers instants de joie et de surprise, MacGraw invita Baker à entrer dans sa cabane et lui versa une tasse de café. L'intérieur de la cabane était aussi propre et bien rangé que la maison-grotte d'autrefois, et le café parut aussi bon au jeune avocat que le cacao que MacGraw lui avait parfois préparé, douze ans plus tôt.

« Je n'en reviens pas, dit-il en souriant de plaisir. J'avais fini par perdre l'espoir de vous retrouver un jour.

— Tu vois, tout arrive, dit philosophiquement le vieil ermite. Et ton père ? Comment va-t-il ? Vit-il toujours ?

— Il est mort voilà quatre ans.

— Je suis désolé de l'apprendre, Billy. Ou peut-être

devrais-je t'appeler William, maintenant, ou même monsieur Baker ?

— Non, appelez-moi Billy comme autrefois, monsieur MacGraw.

— Et ta mère ?

— Elle vit aujourd'hui en ville, avec ma jeune sœur âgée de dix ans. Et Jeremy, monsieur MacGraw ? Vous vous rappelez Jeremy ?

— Attends donc... Oui, c'est ce garçon qui est parfois venu avec toi voir le faucon, et qui avait trouvé un oiseau blessé.

— C'est ça. Il vit toujours près de Springer, il a une ferme à lui maintenant, il est marié et il a quatre enfants.

— Voyez-vous ça ! pouffa le vieux MacGraw, et il soupira de bonheur en repensant au bon temps d'autrefois.

— Et vous-même ? demanda Baker. Comment vous en êtes-vous tiré ? Qu'êtes-vous devenu après avoir quitté Springer ?

— Oh ! j'ai rôdé pendant quelque temps, je suis arrivé par ici, j'ai trouvé cet endroit, qui m'a plu, et tu vois, j'y suis resté.

— Et... vous n'avez pas eu d'ennuis par ici ?

— Non, dit MacGraw en souriant. Les temps changent, les gens ne croient plus qu'on est un fou dangereux parce qu'on vit tout seul dans la montagne. Personne ne m'embête, personne ne s'occupe de moi, sauf parfois l'un ou l'autre garçon des environs qui m'apporte un animal blessé.

— Vous soignez donc toujours les animaux ?

— Oui. J'ai toujours aimé les animaux et la nature. C'est pour ça sans doute que j'ai été éclaireur dans le temps, pendant la guerre, et c'est ainsi que m'est arrivée cette histoire qui a fait croire à certains que j'étais un traître et un déserteur. »

Baker regarda son vieil ami sans rien dire.

« Tu as sûrement entendu parler de ça dans le temps, à Springer ?

— Vaguement, oui. Je n'ai pas voulu y croire. Que s'est-il passé, monsieur MacGraw ? »

Le vieux solitaire tourna son restant de café au fond de sa tasse, se racla la gorge.

« C'est arrivé à la bataille d'Arkansas Post », commença-t-il.

William Baker se cala confortablement sur le banc de rondins pour écouter l'histoire.

Pendant la guerre de Sécession, MacGraw était éclaireur dans l'armée nordiste. Il se trouvait avec les troupes du général MacClellan quand celui-ci avait reçu de Grant, le général en chef, l'ordre d'aller assiéger Vicksburg. Mais MacClellan, qui avait des ambitions politiques, voulait attacher son nom à une victoire spectaculaire. Au lieu de se diriger vers le sud et Vicksburg, il avait marché vers le nord pour attaquer le fort d'Arkansas Post.

Le fort sudiste capitula après un combat acharné, mais Grant, furieux, rappela MacClellan à Vicksburg.

Malheureusement pour MacGraw, son groupe avait été capturé. Lui et cinq autres éclaireurs, encerclés par l'ennemi et coupés des leurs pendant le combat, s'étaient rendus plutôt que d'être inutilement massacrés. Libérés sur parole quelques jours plus tard, ils avaient rejoint leur régiment à Vicksburg. Mais, entre-temps, personne ne sachant qu'ils avaient été capturés et leurs corps n'ayant pas été retrouvés sur le champ de bataille, ils avaient été considérés comme déserteurs, jugés par contumace et condamnés à la pendaison. Leur retour et les explications qu'ils donnèrent leur permirent d'être acquittés, mais pas avant que le jugement ait été communiqué à Washington et enregistré dans les archives de l'armée.

« Et c'est finalement cette erreur judiciaire qui a servi de prétexte au comité de vigilance de Springer, il y a douze ans, pour s'attaquer à vous, conclut William Baker. C'est incroyable !

— Bah ! s'ils n'avaient pas eu ce prétexte-là, ils en auraient bien trouvé un autre. Comme l'attaque de ce jeune voyou par ton faucon, par exemple. Tu te rappelles ce faucon, Billy ? »

Baker hocha la tête.

« Il ne s'est pas passé un jour depuis lors sans que je pense à lui, monsieur MacGraw. S'il y a une chose que je regretterai toute ma vie, c'est de ne pas l'avoir gardé.

— Il t'a fallu du courage pour le remettre en liberté. Tu l'as fait pour son bien, pour lui sauver la vie.

— Oui... Je me demande si ça aura servi à quelque chose. Je ne l'ai jamais revu dans les environs après ça.

— Ça ne m'étonne pas », dit MacGraw en souriant. William le regarda, intrigué.

« Le faucon m'a suivi ce jour-là, Billy. Il n'était pas habitué à la liberté, il ne savait où aller ni que devenir. Il nous connaissait, toi et moi. Tu l'avais chassé, il ne lui restait que moi. Il m'a suivi toute la journée. Chaque fois que je m'arrêtais, il venait se poser près de moi. J'ai finalement eu pitié de lui et je l'ai gardé avec moi.

— Et il vous a suivi jusqu'ici ?

— Jusqu'ici.

— Je suis bien content d'apprendre qu'il n'est pas mort quelque part dans la forêt faute d'avoir pu se débrouiller tout seul. Qu'est-il devenu finalement ?

— Eh bien, les faucons vivent longtemps, quinze ou vingt ans parfois... »

MacGraw regarda son jeune ami avec un pétillement de malice dans les yeux.

« Je ne comprends pas très bien ce que vous essayez de me dire, avoua Baker, de plus en plus intrigué.

— Viens voir », dit MacGraw en soulevant son gros corps et en se dirigeant vers la porte de la cabane.

Le jeune avocat le suivit à l'extérieur. Un moment, il se demanda si peut-être le faucon était encore... Mais non, c'était impossible ! Sans doute ce vieux sentimental de MacGraw l'avait-il enterré quelque part, comme ce petit chat autrefois dont il avait parlé à Jeremy, et il voulait lui montrer sa tombe.

Ils contournèrent la cabane. De l'autre côté, dans la clairière, un perchoir était planté dans le sol, et sur ce perchoir trônait un faucon. Plus grand, plus vieux, mais toujours avec le même aspect fier, royal, le même regard perçant et impérieux.

« Ce n'est pas possible... », souffla William Baker, incrédule.

MacGraw gloussa de plaisir.

« Il commence à se faire vieux et poussif, mais il vole encore chaque jour. »

William sentit une vague de joie et de bonheur l'envahir. Sidéré, il ne parvenait pas à détacher ses regards du faucon, qui l'ignorait superbement et regardait MacGraw.

« Que dirais-tu de le faire voler ? demanda le vieux solitaire en décrochant un gantelet de cuir qui pendait à un clou au mur de sa cabane.

— Je ne sais pas si je saurais encore, hésita Baker. Je n'ai plus jamais travaillé avec d'autres faucons depuis lors.

— Je crois que tu n'as pas oublié. Il acceptera sûrement de travailler avec toi. Je le lancerai et tu pourras le rappeler et le rattraper. Je vais chercher le sifflet.

— Pas besoin », dit Baker.

Plongeant la main dans la poche de sa veste, il en

sortit le sifflet de bois taillé par MacGraw douze ans plus tôt.

« Ainsi, tu l'as toujours gardé, murmura le vieillard, ému.

— Toujours. C'était le seul souvenir que j'avais de mes deux meilleurs amis. »

MacGraw lui cligna de l'œil et renifla. Se penchant vers le perchoir, il tendit le bras. Le faucon sauta sur le gantelet et s'y maintint, droit et immobile. Il regardait Baker, maintenant, mais sans manifester la moindre agitation à la vue de ce nouveau venu. Le cœur débordant de joie, Billy enfila le gant sans quitter l'oiseau des yeux. C'était son faucon, il n'y avait aucun doute, et tous deux se connaissaient et se comprenaient comme autrefois, il le sentait. Personne n'aurait accepté de croire une chose pareille, mais lui le savait.

Rayonnant de joie lui aussi, MacGraw marcha vers le centre de la clairière, portant le faucon perché sur son bras. Billy le suivit, le sifflet dans une main, l'autre main gantée et prête à recevoir l'oiseau quand il viendrait s'y poser.

Il avait l'impression que douze années venaient de s'envoler et qu'il était à nouveau un jeune garçon, sans rien cette fois pour troubler son bonheur.

MacGraw s'arrêta. Le faucon se tenait immobile sur son bras, aussi droit, fier et beau qu'autrefois.

« Prêt ? demanda le vieux fou de la montagne.

— Prêt ! » dit Billy.

JACK BICKHAM

Jack M. Bickham, auteur américain, a publié plus de trente romans, entre autres un western pour rire, *Le gang des chaussons aux pommes,* dont les studios Walt Disney ont tiré un film. Journaliste et critique littéraire, Jack M. Bickham enseigne actuellement le journalisme comme maître assistant à l'université d'Oklahoma.

Si vous avez aimé ce livre, vous aimerez aussi dans la collection du Livre de Poche Jeunesse

Julie des Loups
Jean Craighead George
Traduit de l'américain par Huguette Perrin
Pour échapper à un mariage odieux, une jeune fille esquimau fuit dans la toundra et trouve refuge auprès des loups.
10 ans et +
N° 91

Crin-Blanc
René Guillot
Folco, le petit pêcheur, vit au cœur des marais de Camargue. Un matin, il assiste au vol d'une jument et de son poulain.
10 ans et +
N° 1118

Cheval soleil
Anne Labbé
Echaudé par une première capture, un magnifique étalon erre en pays indien. Brisé par le massacre de sa tribu, Jambes-mortes s'enferme dans le silence. Le cheval sauvage et le jeune Cheyenne vont se rencontrer.
10 ans et +
N° 764
Lauréate du Prix du Ministère de la Jeunesse et des Sports

Croc-Blanc
Jack London
Traduit de l'américain par D. Alibert-Kouraguine
Dans le Grand Nord un loup apprend à lutter pour sa survie. Des Indiens le baptisent "Croc-Blanc".
10 ans et +
N° 1104

Un jour, un enfant, un loup...
Anne Mirman
Kevin et son père apprennent à se découvrir au contact des loups, dans le Grand Nord canadien.
10 ans et +
N° 718

La rencontre
Allan W. Eckert
Traduit de l'américain par Henri Theureau
L'histoire vraie d'un petit garçon qui, à la fin du XIXe siècle, se perd dans la Grande prairie américaine et survit pendant six semaines dans le terrier d'une mère blaireau. Grâce à cette étonnante aventure, l'enfant parvient à comprendre qu'elle est sa place parmi les siens.
10 ans et +
N° 810

Le faucon déniché
Jean-Côme Noguès
Pour garder le faucon qu'il a recueilli, Martin, fils de bûcheron, tient tête au seigneur du château. Car à cette époque, l'oiseau de chasse est un privilège interdit aux manants.
11 ans et +
N° 60

La demoiselle des loups
Florence Reynaud
Périgord, XIIIe siècle. Élevée par des paysans, Lucie est méprisée par son père. Elle s'enfuit et trouve refuge auprès des loups dans la forêt, bouleversant l'enfant mais aussi la famille qui l'accueille.
10 ans et +
N° 458

Jehan de Loin
Bertrand Solet
Un trouvère vient distraire les gens du château, mais il se fait guerrier pour secourir les exploités et lutter contre la violence des brigands.
10 ans et +
N° 247

Composition JOUVE - 53100 Mayenne
N° 301106w

IMPRIMÉ EN FRANCE PAR HÉRISSEY
27000 Évreux

Dépôt légal imprimeur : 93873
Janvier 2003 — Éditeur : 18695
32.10.1987.0/01 - ISBN : 2.01.321987.3

Loi n° 49-956 du 16 juillet 1949 sur les publications destinées à la jeunesse
Dépôt légal : Février 2003